作者簡介

2011	全港棟篤笑比賽冠軍
2015	吉隆坡國際喜劇節唯一中文棟篤笑表演
2017	澳門藝穗節棟篤笑表演
2017	TEDxYouth 講者
2017	香港爆笑節創辦人之一
2017-2019	墨爾本喜劇節棟篤笑表演
2019	為名人卓韻芝於伊利沙伯體育館作開場表演
2019	台灣廣東話棟篤笑表演
2020	香港及美加網上棟篤笑表演
2021	個人棟篤笑表演 420 席售罄
2023	墨爾本、悉尼、愛丁堡、曼城、倫敦、紐約、台灣、澳門及吉隆坡世界巡迴棟篤笑表演
2024	灣仔修頓場館過千觀眾個人棟篤笑表演
2024	澳洲、美國、加拿大、台灣、澳門、英國及星馬共 15 個城市世界巡迴棟篤笑表演

目錄

Chapter 1 我的故事

Chapter 2 段子背後

Chapter 3 你問我答

我的故事

誰是陳樂添？

沒有人問過我，但我相信有不少人認為「陳樂添」是假名，因為很多時藝人都會改一個藝名，而我的名字中間有個「樂」字，必然聯想到「快樂」，所以很容易想到這名字就是「添加更多快樂」的意思。

事實上，這是我的真名，記得小時候問過媽媽為什麼我叫「樂添」。首先，我的家姐跟阿哥都是用「樂」字作為中間的字，我也必須是「樂」，而「添」字則根據媽媽說是阿爸改的：「因為你老豆貪心，什麼都要添。」然後我就沒有再深究我的名字了。

而根據阿哥的轉述，原來父母是在沒有計劃的情況下把我生下來。如果你的年紀不輕，應該知道那個年代的政府鼓勵每對夫婦只生育兩個孩子，廣告歌都有得唱：「兩個就夠晒數……」所以阿哥半講笑的跟我說：「你就是多餘的那一個。」但事實如何我也沒有深究，總之我就是一家人中最小的那位。

小時候爸爸不時離家工作，甚至不在香港，主要照顧我們三兄弟姊妹的責任就落在媽媽身上。媽媽很辛苦地照顧着三個不同年紀的子女，我跟阿哥相距七年，家姐就相距三年。

三兄弟姊妹一起成長，度過快樂童年。

我在一個普通小康之家長大，不是很有錢，但又不是非常貧窮，是剛剛好但又不能夠請傭人的那個水平，三個孩子基本上都是媽媽帶大的，幸好爺爺嫲嫲會幫手。爸爸很多時在外面工作，即使回來也很少跟我交流，所以經常會見到一個畫面，就是媽媽抱着我，然後一手拖着家姐，另一隻手拖着哥哥。

說到童年回憶，最記得有一次，那時我只有兩歲左右，爸爸說全家人一起去韓國旅行，大家興高采烈地計劃行程。眼看着他們執拾行李，當時我不知道為什麼他們只執拾各自的。出發前一星期我已經非常期待，因為這是我有生以來的第一個旅行，但到了起行當天，早上醒來後發現全個家裏只剩下我和爺爺嫲嫲，原來父母一早已經計劃要放低我，只帶哥哥和姐姐去韓國旅行。上機前媽媽打了一個電話回家，跟我說很快就會回來，要聽爺爺嫲嫲的話，我馬上嚎哭起來。

因為這件事我整整哭了幾天，也經常望着門口，聽到少少聲音就認為是他們回來。人長大了回望覺得真的很小事，但我相信在小朋友心目中總會留下一些傷痕，不單止是因為不能夠享受旅行的那種快樂，更甚的是所有人決定一齊掉低

我的那種被遺棄感覺。

從小我就是一個非常怕羞及不愛說話的人，在媽媽口中我還是一個非常愛哭的小孩，非常內向，有時候別人還以為我是女生。記得有一次家姐告訴我今天要我做女生，然後她就給了我她最愛的裙子，還為我塗上唇膏，而我也沒有特別反抗，最後展示給媽媽看，令她哭笑不得。

媽媽經常要求我在學校要乖，並告訴我「乖就會有朋友」，所以我在學校裏是一個不多說話的人，整個小學至中學生涯都很少說話，即使心裏很想認識朋友，但是一來我天生沒有膽去開口跟人做朋友，二來就是習慣了要保持乖的形象。到漸漸長大，才發現原來乖的形象是交不到朋友的，反而要有一定的吸引力惹起別人的注意。因為從小到大我都很少說話，所以很多時我要說一句話，都會先想想可不可以用更有趣的方法說出來。

球場上學到的東西

我經常認為，如果一個小孩在成長過程中沒有到公園或球場玩耍過，會少了很多學做人的機會，因為很多社會的規則是沒有人會告訴我們的，在書本上也不會學到，但當你在球場，不論是自己建立的規則——跟隊，或了解整個球場中誰是「大哥」，只要跟他一隊就必然有着數？如何令大家了解到我的價值而願意跟我一隊？或者在沒有球證在場的街場發生衝突時應該要怎樣調停？當一班隊友去一個不是自己熟悉的場地，又如何跟那球場的人建立關係？這些球場規則其實大多像是社會縮影，而我在中學階段就很喜歡到北角的球場踢球。

如果要說與棟篤笑相關，就是在北角的球場上認識了一班死黨，其中一位很受歡迎，用現在的說法，會說他是一個「口水佬」。每次我們踢完球去便利店買飲品後，都會在公園找個位置聊天，一聊就是三、四個小時，一群中學生為什麼會有那麼多話題呢？當然少不了談論怎樣去認識女生，大家都自吹自擂，而比較特別就是那個「口水佬」喜歡分享他看過的金庸小說內容。

每次他都說得很有吸引力，還記得他第一次跟我們說的時候，對比金庸筆下的不同美女，小龍女是有多麼的漂亮，誰的武功最高強，吸引程度令我們這幾位本身只愛踢足球而不怎麼喜歡讀書的朋友，都會主動到圖書館借厚厚的一本小說。那時候我就被「口水佬」不斷令我想繼續聽下去的說話技巧吸引到，他單單用說話就能帶領一班人走進他的思想世界。雖然沒有笑話在內，但憑他的神情及性格，彷似一個微型演講形式的對話，很吸引我。

在之前也提到雖然我中學時是一個說話不多的人，但喜歡用一些特別的方式說出來，其中一個例子就是在球場無意中用了特別說話技巧。那時不知道為什麼，很多中學同學都很有錢，他們用 Gregory 書包，穿 Fred Perry 羊毛外套，還有肩背包都要用 Porter。他們會說要用 Porter Japan 才是最威，Porter International 會被人笑。

我通常沒有錢去追這些潮流，也不介意買假貨，記得有一次我穿了一件在街市買的假 Bathing Ape 恤衫在球場踢球，其中一個同學走過來說我的衣服一看就知是假的，那時我突然用了自嘲的技巧，轉一轉個角度說：「你不是以為我

會穿真貨來踢球吧？傻的嗎？」當我這樣說完後我看到他呆了，不知道該怎樣回答。一開始他只想取笑我那件恤衫不是正貨，而我不但沒有抗拒，反而用自嘲來化解。在講完之後我也覺得很有趣，心想為什麼我會這樣回答呢？可能是因為從小我就覺得同一件事可以用不同角度去表達。

第一次去教會宿營

在中學的時候，難得放暑假，必然想出去跟朋友們踢足球，但是媽媽在中三那年的暑假偷偷地幫我報了一個教會的宿營，由於已付費，我只好被迫要去四日三夜的宿營，本身打算敷衍去幾天就回來。這是我人生第一次參加宿營，地點是鯉魚門公園，跟一大班不認識但年齡相約的教友待在一起。

原本我對這次宿營完全不抱任何期望，想不到竟令我學習到一些關於棟篤笑的東西。當到達營地後，我們就分成大約六隊，首先要放下自己的背包，那個時候手機也沒有太多吸引的東西可以玩，所以我也願意放下。然後神奇的事就發生了！只是一、兩個遊戲，及偶爾叫叫口號支持自己的隊友，大家很快就變成朋友，這是我第一次意識到原來可以很快與人相熟，只要在輕鬆的氛圍下一起玩就能做到。

如果你有看過我的棟篤笑現場演出，便會發現我也會經常創造這樣的氛圍給觀眾，我棟篤笑的定位就是很想跟所有觀眾做一會兒朋友，就好像一班朋友坐着，然後我站起來分享一些故事給大家聽，不會有高高在上的感覺，這些都是我在那次宿營中學習到的。

到了晚上，大家都以為已經沒有什麼事情做，應該可以準備睡覺，特別是教會，第一時間會想像到大家都是很乖、很早睡覺的人。現在有很多人去過大學的迎新營都知道晚上會有房 game，而那次宿營是我第一次玩房 game，對於只有中三的我是很特別的體驗。

我留意到每次帶着各人玩房 game 的都是一位臨時司儀，他就是我們整隊的中心，我被這個角色吸引着，知道原來只要自己肯行出一步，其他人都願意聽，甚至跟隨司儀所說的話去做。從那時開始，我就對在一群人中用說話帶領大

家這回事很感興趣，當時還未關於笑話，純粹是對司儀角色感興趣。

直至我第一次在網上看到黃子華的棟篤笑，發現原來有一種表演藝術是只需要一個人及一枝咪，就能帶領所有人一起笑，這種藝術叫做棟篤笑，我馬上對此着了迷。記得我在考試期間，還在電腦不停播放黃子華的棟篤笑，就像其他同學一邊聽歌，一邊溫書一樣，而我聽的不是歌，而是棟篤笑，觀眾的笑聲及引人注目的表演者，就是令我興奮及精神飽滿的動力。

腦癇症

我是一個腦癇症患者，腦癇症，坊間有很多說法，小時候多數人叫癲癇症，不知道是不是癲字好像不是太好，之後有人叫羊癇症，直到現在，大部人都說是腦癇症，而發作時就叫做發羊吊，會全身痙攣，口吐白沫，周圍的人可能會感到驚訝。如果在街上發作就會很危險，小時候資訊沒有那麼發達時，還有人說看到人發羊吊要放一條毛巾在他的口中，這是非常錯誤的造法，可能會引致患者窒息。

你日常看到我是一個社交正常、生活沒有什麼不便的人，在我全家人甚至所有親戚都沒有這個病症的情況下，你是完全看不出來我就是一個腦癇症患者。幸好我只是輕度病患者，小時候大多是在睡覺中才發作，而發羊吊是我人生之中最恐怖的事。

發作是怎麼樣呢？就是我在夢中非常暈眩，很像全世界在天旋地轉一樣，感覺是跌進一個無底洞不停的降落，而且身邊都是黑暗的，很想不停抓實一些東西，但就是抓不到，完全控制不到自己，而真實世界的我手手腳腳已變得僵硬以及不停震動。發作時其實我是有意識的，屬於半清醒，甚至能夠說話，而最恐怖是每次我發作前在床上快要睡覺，已經會有預感今晚會發羊吊。我不知道這是怎樣來的能力，總之就是會預先知道，然後全身都開始緊張，在恐懼之中還要睡覺，當然每次都如我預料之中發作。

每次發作我都會驚惶失措地大叫：「媽咪！我又發作了，我很害怕！」媽媽聽到後就會立即趕來我的房間，開着燈，用手摸着我的頭說：「不要怕，媽咪在這裏！」令我感到一絲溫暖和安心，自然慢慢地冷靜下來，然後開始看到現實世

界，姐姐、媽媽也在我的房間，而我的身體就好像跑完馬拉松一樣，非常的疲累，頭也很痛。

由小學至中學階段都是不停面對着這樣的恐懼。

幸好，醫生告訴過我當年紀大了，病情自然會轉好，在我長大後，間中我都會幫香港啟廸會做義工，它是在香港專門幫助腦癇症病患者及其照顧者而設的非牟利組織，但已在2021 年停止營運。記得有一次在工作坊我跟醫生說我現在應該沒有腦癇症了，但他告訴我腦癇症是不會完全消失的，那時我才知道有一天可能會重新發作。

我曾在啟廸會做義工講故事

對我來說腦癇症最恐怖的是控制不到自己的身體，到現在我也不敢看恐怖片，有時知道不能控制自己身體，我就會進入恐慌狀態。記得有一次我和朋友去了美孚的黑暗中對話體驗館，當在全黑的環境裏我知道自己沒有辦法控制眼睛去看東西，就瞬間進入了恐慌的黑洞，幸好習慣以後及有朋友在身邊就很快平復了。

另外有一次在泰國，我沒有說謊，是真的，由於大麻在那邊合法化，而我誤會了大麻曲奇只有大麻的味道而沒有大麻成份，因此才買了一塊，我在棟篤笑中也曾提到這次經歷。過了一陣子，我發現真的有大麻成份，開始對自己的手腳感到陌生，然後進去廁所再回到酒店房，我知道期間只是大約 10 秒的時間，但回想起來卻是很久以前的事。這樣的狀態令我想起腦癇症發作不能控制自己身體的感覺，真是非常驚慌。雖然有些朋友說大麻能夠令人放鬆，但那次我是非常緊張，從此我也不會接觸這些東西。

第一次嘗試

正如之前所講，小時候我是一個很怕羞、很怕事及心靈脆弱的人，因為主要是阿媽教導我們，阿爸負責外出賺錢，回家就不太理會孩子，而我們是三兄弟姊妹，媽媽為了容易管教，所以經常要求我在外面不要搞麻煩，做一個乖的小朋友。即使讀書不太好都不重要，但一定要乖，這樣才能令她較容易管教。

這樣導致我小時候是一個很少說話，但其實心裏很想交朋友的人。我特別喜歡觀察其他人的反應，經常可以用一兩句說話就能令大家有很大的反應，多數都是笑。通常一句說話我不只會用普通的方式說出來，而是在心裏想幾個不同的版本，哪一個是最好笑的才說出來，在這樣的成長環境下不自覺地喜歡了笑話這東西。

及至中一那年，媽媽借了一隻 VCD 回來，是黃子華的棟篤笑，對於年紀少少的我當然有很多內容都是不明白，因為黃子華的棟篤笑內容都是諷刺時弊。但我看到原來有一種表演方式是只需要一個人和一枝咪就能吸引所有人的目光，然

後在台上說兩小時，令觀眾有很大反應。我立刻迷上了，到快要考試的時候，很多人溫書都會聽流行曲，但我在電腦播的是黃子華的棟篤笑，當作是背景音樂來聽，可想而知我有多著迷。直到現在我都很喜歡笑話，當我看到一個從未見過亦很好笑的笑話，就會很自然地分析它，不停想為什麼我會喜歡這個笑話？是不是它在某方面可以應用到我自己身上？

現在，很多人都說老人家才用 Facebook，我這個老人家在 Facebook 之前其實還有玩 MSN。記得當年 YouTube 剛剛冒起，在 MSN 及電郵中有很多人分享一條影片，內容是有關一個印度人講了 7 分鐘的棟篤笑，他就是今時今日我在爆笑館的拍檔 Vivek Mahbubani。第一次看到他的影片時，我相當驚訝，因為在我心目中，棟篤笑只有黃子華那種，但原來可以有另一種風格，是跟我們平時跟朋友聊天一樣，再在網上搜尋一下，看到 Vivek 的訪問，知道那種在俱樂部的演出叫做美式棟篤笑，我深深地迷上了。

我開始棟篤笑的契機竟然是在一點經驗都沒有的情況下參加了比賽，而那次比賽很厲害，我得到了冠軍，原因是……只有我一個人參加。

讀大學時，有次在校內見到一張海報，上面用英文好認真寫住「Stand Up Comedy Competition」，原來是一班學生的 final year project，那 project 主要是幫一間叫 TakeOut Comedy 的香港棟篤笑俱樂部在學校宣傳。我把海報撕了下來，想想應不應該參加，我很喜歡看棟篤笑，亦很想表演一次，但是我真的完全沒有經驗。想了一晚就決定參加，我發了一個電郵給主辦單位後，他們約我做選拔。

我好緊張，在選拔的前一晚，認真地思考應該說什麼，最後決定說一個當年我經常跟朋友分享的真人真事改編笑話，是關於在健身室內的桑拿房裏，當我裸體時遇到同性戀者的故事，現在回想以當今的指標，觀眾會唔會覺得我恐同。總之我準備好後第二天就去到那班房進行選拔，有三位同學參加，當我說完那個故事後，評判們說批准我參賽，當時我心想真的很好運。

到了比賽當天，我還叫了大約 20 個同班同學來看演出，誰不知原來只有我一個參加比賽，我只好硬着頭皮上台說了那個笑話。如果你嘗試在 YouTube 中搜尋是可以找得到的，現在再看，因為我由小到大都是看黃子華的棟篤笑，我說話的方式真的很像黃子華，那個年代開始棟篤笑的朋友很多都是模仿黃子華的說話風格，事關當年只有他一個參考對象。

非常緊張地演出後，沒有想到自己跟很多棟篤笑表演者的經歷不相同，通常其他人的第一次表演都是失敗，但我第一次的表演，差不多所有的笑位都中，當時我在沒有對手的情況下贏了冠軍。比賽完後就輪到 TakeOut Comedy 的表演嘉賓登場，當然有 Vivek，亦有女性表演者 Matina，還有 Daniel，他們都是 OG 級的棟篤笑表演者。

Matina 是一位全職媽媽，作為女性演出棟篤笑，她是我見過最穩陣的一位表演者。而 Daniel 是棟篤笑界最神秘的人，他從來不會接受訪問，不會接觸社交媒體，他認為這些都會影響他接觸棟篤笑這門藝術的初心。認識他後，我就知道他是一位天才，雖然寫段字不是很厲害，但他在即興跟觀眾互動方面，是我看過最厲害的一位。有時候因為大家都是初階，笑話內容跟表演程度都不是很成熟，一場表演有機會所有表演者都失敗， 而 Daniel 會選擇跟觀眾互動，令他成為全場最好笑的那位。

最後當然要說說 Vivek，第一次看到他表演已經覺得非常厲害，印度人的身份固然很特別，而他自身帶出來的信心，以及段子的厲害，都令我很驚嘆。如果有興趣，你可以在網絡上找到他一個關於 English Listening 的棟篤笑，在他參與棟篤笑的第一年就已經創作出笑位密度高、好笑程度亦很高的笑話。

而令我最欣賞他的地方，原來他是一個斜槓族（Slash），可能現在很多人都聽過這個詞語，但在 2008 年時是沒有人聽過的，我聽到他的故事，知道他是自僱做網頁設計，然後晚上做棟篤笑表演者，真是令我大開眼界。我很想有一天能夠全職做棟篤笑，但在達成此夢想之前，如果能夠做斜槓一族，靈活管理自己的時間，已是相當不錯了！

就是從那一天開始，我認識了棟篤笑的拍檔，由 2011 年開始跟他們一起做棟篤笑，那時候因為只有 Vivek 是最成熟的棟篤笑表演者，所以大家都以他為首，我們亦開始建立棟篤笑團體—— Viveknfriends，簡單來說就是用 Vivek 的名字去宣傳我們這個團體，基本上即是 Vivek 跟一班普通人，當然亦希望未來不只靠他一人，直至 2017 年就改名為「爆笑館」。

第一次演出

棟篤笑比賽結束後，我知道原來這次活動是由學生們與一個棟篤笑俱樂部 TakeOut Comedy 聯辦，俱樂部的老闆是一個叫 Jami 的 ABC（American Born Chinese），他不懂中文，但用英文跟我說可以到他們的 Open Mic 嘗試一下。Open Mic 是給新人嘗試上台以及讓棟篤笑表演者練習生練習說笑話的地方，大部份都是免費入場，只要購買一杯飲品就可以觀看，甚至乎如果報名上台嘗試表演，會有一杯飲品以作獎勵。

因此我在幾個月後的一個星期一就到了位於中環的 TakeOut Comedy，抵達時看到門口很細小，然後有條樓梯通向地庫，當我走下去的時候，有一隻很兇惡的狗在吠我，我很害怕，然後老闆就在狗的旁邊用英文叫我進來吧！但那隻狗還是不停吠，後來得知原來牠是領養回來的，應該在小時候被打，所以一見到陌生人就會不停吠，但說真的感覺真是很恐怖。

當 Open Mic 開始後，見到 Matina 跟 Vivek 都來到，

才知道原來只有幾個人，那就是開啟香港棟篤笑圈的那幾個人，看到他們演出後，我也不太敢上台嘗試，直到 Vivek 在台上鼓勵我。我上台試了，全部笑話都不中笑點，跟比賽那次不一樣，我才知道原來棟篤笑真的非常不容易，上一次可能只是幸運，或是因為台下所有的觀眾都是自己的朋友。

完了那次 Open Mic 後，Vivek 跟我說其實他們有一個寫作練習，我可以跟他們一齊去寫作，然後才去 Open Mic，如果想參與，可以電郵聯絡他。雖然他說可以跟他們一齊去寫作練習，但因為我經常認為自己未準備好，所以在大學畢業前都沒有參與。

直至忙完大學畢業論文及考完試後，我好像再沒有原因不繼續去棟篤笑，這是我由小到大都想做的一件事，我發電郵給 Vivek，問可否參與他們的寫作練習及 Open Mic，他說當然可以，原來當年大家的寫作練習是在咖啡廳進行的，所以就相約到灣仔的 Pacific Coffee。那段時間我準備了小熊維尼段子的最初稿，到達咖啡廳時看到 Vivek 跟 Matina，他們正在互相討論大家的段子。

過了大約兩小時，Vivek 說約了一位名人前來寫作練習，當那人來到的時候，我才知道原來是卓韻芝，那是第一次近距離看到一個公眾人物，過程中知道她想舉辦一場個人棟篤笑，但在未正式公演前想先在地下的棟篤笑俱樂部試一下真實觀眾的反應，我到現在仍然非常欣賞她做事的態度及學習新知識的速度。

2019 年幫卓韻芝在伊館的棟篤笑作開場演出

經過第一次 Open Mic 後，TakeOut Comedy 的老闆雖然不懂中文，但他看到觀眾（其實都是表演者）的反應，覺得我可以嘗試上台表演，於是他跟我說可以在下星期做首次的 5 分鐘演出。

不知道那來的幸運，在我演出前的一個星期天，香港電台訪問了 TakeOut Comedy 的棟篤笑表演者，令很多人知道有這個演出，然後當日全場百多人爆滿。我首次在棟篤笑俱樂部的演出是爆滿的，令我很大壓力，另一方面，因為老闆亦認為卓韻芝可以演出，所以中間也有她演出 5 分鐘。這令我更加緊張，第一次在那麼多人面前表演，還要跟一個明星同場較技。

我不知道是環境或是性格影響，當我站在台上時就像一個小朋友在做天才表演一樣，但出奇地很配合我的段子，因為我主要的段子是小熊維尼，配合過程中細緻演繹不同角度，是小朋友得來又有深度的感覺。那次觀眾反應很好，現在再重看都不能做到那樣的效果。演出完了還跟其他棟篤笑表演者聊天，這是我最享受的一個環節，只有我們有共同的經歷，觀眾並不是用表演者的角度去體驗，真是很過癮。

那次開始我就知道，我很想把棟篤笑作為我的終身職業。

但是，當時的中文演出，大概每個月只有一場。

而那個棟篤笑俱樂部主要是舉辦英文棟篤笑，主打項目是邀請美國當地的棟篤笑表演者來香港做個人棟篤笑，而我作為香港的表演者，就可以免費入場，但老闆經常要求我們幫忙，特別會找我們這些懂中文的表演者守住洗手間，因為廁所內的尿兜沒有去水，當有觀眾上完廁所後，我們都要拿着一個杯幫他們從洗手盆中拿些水去沖廁。老闆不會找居港的外國表演者做這些東西，所以便由我們這些本地表演者來幫手。

雖然是有一點厭惡性的工作，但好處是每次都可以免費觀看由美國專程來港的頂尖表演者演出。在美國，棟篤笑是很發達的，而被邀請來港的都是曾經上過電視，去過 Late Night Talk Show 演出的人，很值得我作為新人去觀摩學習。雖然我的英文程度是連公開試都不合格，但每場英文演出我都會去觀看。

以前我認為棟篤笑一定是跟黃子華那套方式一樣，就是自己預先寫好稿，上台就表達出來，但看過美國的表演者後，發現原來他們的表演都很有現場性，那時候最欣賞的有 Paul Ogata、Ruben Paul 等等，我看過他們一整個小時的演出，完全沒有講自己的稿，全程只是跟觀眾互動，都可以非常爆笑，他們的腦轉數之快及平時上台的豐富經驗都令我感到很意外。互動過後又可以很自然地回到自己的段子，也是很爆笑，那時我就知道美式棟篤笑的魅力，並為我帶來深遠的影響。

媽媽成為座上客

剛剛做棟篤笑，我相信很多表演者都很難面對一件事，就是自己的家人來看你的演出。

有一次有親戚朋友來到我們家，他們知道我做棟篤笑，就說了一句所有人都會說的話：「講個笑話來聽一聽呀！」

然後我就說：「你們可以來看我的演出，到時就可以聽了。」他們真的說下次會來，然後我就知道媽媽都會跟着來。這是媽媽第一次來看我的演出，一般人不會邀請媽媽，因為在家中與在台上的性格是兩個完全不同的人，有些人是不能面對的，但是我心裏想以棟篤笑作為終身職業，而我覺得要對住任何人都能夠講笑話才是專業，如果連自己家人都不敢面對，怎麼能在未來面對所有陌生人？

所以我很大聲說：「好啊！就下一次演出一齊來看吧。」

結果成了我一世人都不會後悔的一件事。

在台上我亦有拿媽媽來開玩笑，當中包括我小時候的一件真人真事，就是那時每個小朋友都有一對㕭㕭鞋，着上腳會有㕭㕭聲，我不明白她為什麼會買，但我知道她覺得經常㕭㕭聲是很煩，所以有一天她剪開我的鞋，然後放廁紙在裏面，最後令我走路的時候也會發出聲音，就像我在不停放屁。我把這真人真事改編了再上台說出來，而因為觀眾都知道我媽媽在場，所以反應比預期還要更好。

她事後雖然跟我說很不滿意我在台上說關於她的故事，但看到她哭笑不得的表情還是覺得很可愛。

這一次，真是從來沒有後悔過，慶幸媽媽曾經有欣賞過在台上的我。

媽媽出事

2013 年有一段時間因為我工餘時間有時會從事 freelance 的工作，而媽媽處於半退休狀態，所以我倆都經常在家。媽媽在家附近的一間公司做兼職文員，間中會回公司幫手送文件到另一間公司。

就在 2013 年 12 月 13 日，一個黑色星期五，媽媽準備回公司取文件，剛好我也要外出，於是跟她一起落樓。我們分道揚鑣的時候，看到她胖胖的身影，還覺得媽媽真是辛苦，又要照顧爸爸，又要做兼職。

大約兩個小時後，突然收到爸爸的一個電話，他說：「媽媽出事了，快來東區醫院！」我再問爸爸：「發生什麼事？」

但他只催促我快去醫院。關掉電話後，我心想，媽媽是不是又弄傷了腳？因為她身材蠻胖的，有時候走路不方便，可能就是這樣弄傷了。但我坐在車上的時候，心想為什麼爸爸會用那麼緊張的語氣告訴我？我有一個預感可能有大事發生……

當我趕到急症室的輪候處時，已經看到我的表哥跟舅母，我開始心知不妙，很緊張的進去急症室，看到我阿哥跟爸爸對着醫生說話。當他們結束對話後，阿哥很勇敢的告訴我：「媽咪已經過身了！她剛剛遇到交通意外。」我整個人頓時慌張了，不停問阿哥到底發生什麼事，我不明白。原來當人遇到突如其來的嚴重事件發生時，並不會像電視劇一樣大哭一場，而是完全拒絕接受這個現實，覺得肯定不是真實的。

當時我走到急症室的輪候區坐下，腦中一片空白，直至看到我的姐姐來到急症室，她已經崩潰地哭了。那時候我真的不知道該如何反應，沒有哭出來，不想跟其他人說話，只是覺得現在的世界不是真實的，直至我們一家人真正看到媽

媽的遺體，我才知道這真是事實。當天我還要回家找媽媽的身份證交給醫院，然後一回到家，看到媽媽原來在早上剛洗完衣服，一個個衣架掛着她的衣服在客廳的窗口晾乾，那刻是最痛苦的，因為我看到她為自己的未來做準備，但她的生命已經沒有未來。

往後幾天我都沒有哭過一場，現在就知道原來男生在沒有伴侶精神上扶持的情況下，是不會任由自己的情緒崩潰。那幾天我只是很頭痛，真的很頭痛，唯一真正哭的機會，就是我覺得我不能再撐下去，所以特意到樓下的公園打電話給我那位喜歡小熊維尼的前女友。當我聽到她說一聲：「喂！」便馬上崩潰，我沒有怎麼說話，大部份時間都在放任自己的情緒，很多謝她，多謝她在那時候給我發洩情緒的空間。

在那星期我不斷收到不同人的短訊及電郵，其中一個電郵是來自棟篤笑的拍檔 Vivek，在電郵中他很關心我的狀況，希望我能照顧好自己及家人。我突然醒起，過幾天就是我們下一場演出，我還要做主持，我就回覆 Vivek，我要繼續做這場演出，因為我記得媽媽看過我演出後面帶一絲自豪，而她有看過我演出是我一輩子最不後悔的事，我希望即使她離

開，我仍然能做我喜愛的棟篤笑，令媽媽在另一個地方看到都能感到自豪。

當然那次的演出不是很好，但我的心充滿感恩，總覺得媽媽一直在看着我。這一次我亦想證明自己不論心情多好多差都不會放棄棟篤笑，我要成為一個專業的表演者。

我還記得整整一年不時想起母親都有傷痛的感覺，隨着時間過去，沉澱令人成長，幾年後我漸漸地走出了悲痛，亦能回想這次突發事件。我經常認為，這就好像媽媽給我上的最後一堂課，令我親身體會到，生命原來可以這麼的脆弱。很多時候我們都會計劃未來，或回想過去開心或傷心的事，但這件事告訴了我生命是可以突然就沒有了，最重要的其實是現在，我有沒有珍惜現在這一刻？這強烈的感覺令我覺得要將這感受放進我另一個的棟篤笑專場。

在 2017 年的專場，名為《講真架》，這次專場跟以前的專場有很大不同，在這之前，我用了大約六年時間練習寫

笑話的能力，所以以前的專場都是我所有笑話的合集，有特別的觀點及好笑的東西就會拿出來講。而這次專場我有一個核心內容想說，不只是笑話，而是用笑話的方式講我自己，特別是分享媽媽帶給我的最後一堂課，用笑話包裝我是如何從悲痛中學習的一個故事，是第一次用全新的方式做這次專場。

很感謝我的媽媽，希望可以藉這次專場來紀念她。

第一個個人演出

在媽媽過身後，由於有太大的衝擊，即使過了一段時間，我仍不停回想這件事，不知道是不是自我保護機制所影響，令我反思命運給我這次經歷是希望我從中學到了什麼？由於事發真的很突然，我認為媽媽在人生中教了我的最後一堂課就是「生命的無常」，每一天可以健康的活着並不是必然，可能有一天，自己或是最親的親人會突然離開，這就是生命的無常，人生在世是不能控制的，反而能夠控制的是生命中會出現的東西。

當我很傷心的那段時間，有一個朋友說了一個非常好的比喻，令我較為釋懷，這比喻就是人生其實像一本日記寫成的書一樣，到最後那本書有多少頁紙其實是沒有人介意的，亦不是最重要，最重要的是書中的內容是可以由我自己親手寫。我能夠自由地選擇，可以過精彩的一生，有挑戰也有起有跌，也可以選擇平平淡淡開心的生活，最重要的就是自己仍然有選擇。

我既然有我最喜歡的棟篤笑，我就想自己其實有什麼東西想在此生實現，那一年是 2014 年，雖然我做棟篤笑只有四年，但其中一樣最想做的事就是能夠堂堂正正的告訴別人我是一個棟篤笑表演者。我經常認為這個身份不是寫到一兩個能表演的笑話就足夠，要配得起這個身份就應該要證明自己有寫笑話及表演的能力，起碼要有一個小時的個人棟篤笑才擔當得起。於是那時我定下一個目標，一定要做一個個人棟篤笑，我還幻想在完成那次個人棟篤笑後，便可以在臉書上更改自己的職業為棟篤笑表演者。

2014 年在 Think Cafe 演出

所以在 2015 年我就決定舉辦一場個人棟篤笑，名為《講個笑話黎聽下》，這名字的由來是在我開始棟篤笑的頭幾年，因為朋友都覺得我只是玩一玩，所以經常說這一句「講個笑話黎聽下」來挑戰我，實質上，如果你有嘗試過棟篤笑就會知道，在台上表演棟篤笑跟在台下與朋友講笑話是不同的，即使很搞笑的橋段，在台下也可能會失敗，因為跟一班人說話與跟一個人說話的溝通模式是不同的。就好像你幻想一下一個總統在記者會上與公眾對話，這個總統的態度及語氣跟一個記者的私人訪談是完全不一樣的。棟篤笑也一樣，所以在台下我不會講台上的笑話，而這個演出的名字「講個笑話黎聽下」就是想叫一班曾經說過這句說話的朋友來觀看。

還記得 2015 年個人棟篤笑的票價只是 $120，還有學生優惠 $100，而我最近一次的個人棟篤笑票價是 $450。由於很多朋友知道原來我對棟篤笑是認真的，以至第一場 60 人很快已經爆滿，最後加開多一場都很快售罄。最難忘的是我原本以為所有入場觀眾都是自己的朋友，但有一位朋友介紹了另外兩個人來，所以最後是有兩個陌生人來看我的演出。

雖然大部份入場人士都是我的朋友，但已經令我很滿足。還記得在演出前的一天，我完全睡不着，因為第一天演出是星期五，上半天我還頭痛着去上班，然後老闆說我可以早走，因為他知道我將會做個人演出，我就馬上離開了。兩場演出都非常成功，我亦在第二場首次有跟觀眾互動的環節，就是跟那兩位陌生的觀眾互動，期間都非常之爆笑，令我感覺到自己棟篤笑的功力也開始進步了。

雖然這兩場演出的門票很便宜，收入主要也是用來交租，扣除所有成本後，只能夠請幫手的朋友們吃一餐飯。可是那一次經驗令我發現原來有一些事情我是可以做到的，也開始對自己有多少少信心，然後第二天我就在臉書上改了自己的職業是棟篤笑表演者了，很感謝媽媽教導我的最後一堂人生課，令我鼓起勇氣作出這次嘗試。

2015 年吉隆坡喜劇節廣東話演出

第一次去墨爾本喜劇節

在 2016 年我剛剛裸辭後的第一件事就是去墨爾本喜劇節（MICF），最初我知道 Vivek 受邀到喜劇節做英文演出，而他也嘗試做一場中文演出，於是我就問他可否作為他的開場嘉賓，因為我很想到外國演出，他當然一口答應。但當我在飛往當地途中，到新加坡準備轉機的時候，收到 Vivek 的 WhatsApp 通知，原來沒有喜劇節的邀請函跟工作簽證，是不能在那裏演出的。那時候我簡直是晴天霹靂，一心想到外國演出，可惜最後做不到，但 Vivek 跟我說可以幫我申請作為工作人員，那就可以到喜劇節觀看不同的演出。

在墨爾本欣賞戶外演出

墨爾本喜劇節是一次令我完全大開眼界的經驗，因為這是當地最大型的一個節日，在那期間，世界各地優秀的表演者都會來到這裡演出。我很欣賞他們的文化，在墨爾本中心的 Town Hall 有兩大塊兩米高的黑板，會寫上當天有什麼演出，而很多表演者都會在那裏派傳單。如果你在香港生活，一定覺得派傳單是沒有任何用途，但那裏不是，很多觀眾都想來看喜劇節的演出，他們不是因為某一個明星才來，是真正想融入節日氣氛而觀看喜劇。

Town Hall 外兩大塊兩米高的黑板

原來一個喜劇節可以有四百多檔演出，三個星期天天都有演出，每天有一百多個演出可供選擇，真的花多眼亂。基本上我一天會看四至五個演出，每個都很有新鮮感，當中甚至看到很多香港根本不能夠看到的演出，例如小丑表演。很多人會覺得小丑好像麥當勞叔叔一樣會化妝然後跟小朋友玩，但原來是可以完全不同。基本上小丑是一個表達每個人內在小孩的一種表演，在演出過程中會看到小朋友跟大人都一起笑，甚至有一些小丑表演只給大人觀看，但形式也是一樣，就是要引發心中那顆童心。

喜劇節期間整個城市都洋溢着濃厚氣氛

小丑的演出可以是無聊透極，但那種無聊不是很悶的那種，而是無聊到引人發笑的那種，我見過一個小丑表演是演繹在一個婚禮場地扮成喝醉了的伴郎，他將一隻公仔隨意放在一個觀眾的手上，然後過了一會兒在台上扮作伴郎演講說：「各位來賓，我帶了我的女兒來，她總是愛戴帽，她準備為我們唱一首歌。」然後那位觀眾就被迫上台，在沒有準備的情況下，那表演者用一些暗示的方式令觀眾融入在他的演出內。我第一次看這類表演的時候，非常驚嘆，因為他們可以利用到完全不認識的觀眾，將他們放到自己的演出之中，這是我從來沒有見過的。

如果你有看過《全英一叮》（Britain's Got Talent），2023 年的冠軍也是一個小丑，他叫做 Viggo Venn，是很厲害的一位表演者，而我第一次到墨爾本喜劇節就有緣看到他跟另一位拍檔 Zack 的演出，技驚四座，我還記得當年看到他們其中一檔演出 Stamptown，由每天在容納 50 人的場地演出，發展到今時今日每天在多於 1,000 人的場地演出。

我也看過澳洲棟篤笑的表演者，發現他們很流行用一個故事去做一個棟篤笑演出，如果你有看過美式棟篤笑或香港

棟篤笑例如黃子華，很多時候都是用不同的笑話集合而形成一個棟篤笑，但澳洲的棟篤笑很多時是整個故事貫穿一場演出。

我印象最深刻的是一位叫 Corey White 的表演者，他說的故事內容是小時候雙親都不在身邊，他被一個男人強姦過，曾經以為自己是同性戀，最後跟女生談戀愛卻被那女生劈腿，再講述自己在橋邊準備自殺，然後放棄自殺繼續生活。他用搞笑的形式演繹這個故事，令觀眾的情緒由好笑到沉重又返回好笑的境地，我是第一次看到有這類型的棟篤笑。

2017 年第一次在墨爾本喜劇節演出售罄

喜劇節還有很多不同類型的演出，可能是我見識少，但我在香港真的從來沒有看過，亦在那時候我就知道原來喜劇演員不一定要進入娛樂圈，因為在香港只有一個人可以參考就是黃子華，但原來世界上有很多不同類型的喜劇演員，而其中一條出路就是喜劇節表演者（Festival Comedian），他們可能沒有進入娛樂圈或者在網路上沒有很大名氣，他們只會在世界各地不同的喜劇節中演出，務求令自己的表演更進步，當自己有一定實力，才一步步建立自己的名聲，感覺就好像喜劇界的少林寺一樣。

墨爾本喜劇節的多元化演出令我大開眼界

所以即使那次我沒有機會在墨爾本演出，但收穫是很瘋狂，令我知道喜劇原來是可以那麼多元化。我跟 Vivek 回港後都變得雄心壯志，決定在下一年舉辦香港首個喜劇節，希望有一天香港亦能做到像墨爾本一樣那麼多元化。

我們演出售罄的貼紙

網絡公審

記得當年我在臉書發佈了一些棟篤笑影片，其中一條是關於我作為一個 IT 人跟女朋友的對話，吸引很多人分享及讚好，於是我就認為我應該可以放更多影片上網做宣傳。

坦白說我是一個網絡敏感度低的我，我開始將自己在現場演出中記錄的影片逐段逐段放上網，其中一個段子是關於我去看 band show。想不到那次引起很大的反應，有很多人鬹鬹，說我侮辱音樂人，又再到香港不同的論壇說我是嘩眾取寵。第一次看到所有人都想我死，完全不知道事情可以發酵得那麼大。

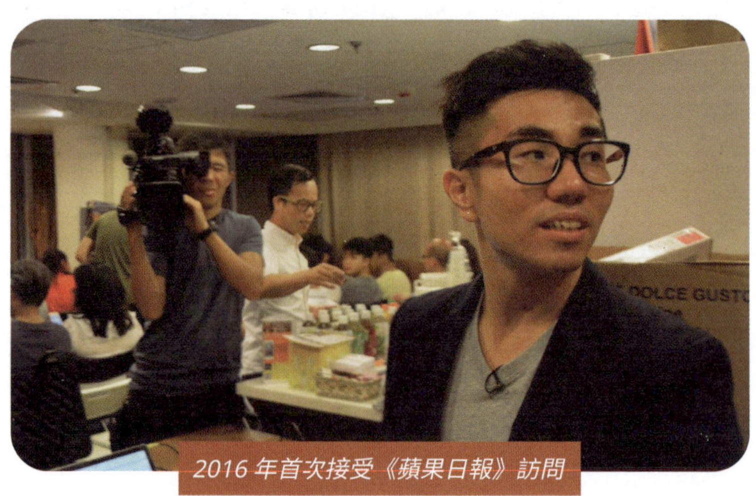

2016 年首次接受《蘋果日報》訪問

那個段子是一個我的經歷，再加上我自己的創作，所以不是所有東西都是真實的，當中包括一些定型的笑話，例如夾 band 的朋友是長頭髮，也有他們的手勢以及對主音的定型。這就出了很大的問題，因為段子不是真實，即使為自己辯護也站不住腳。

這是我第一次受到網絡公審，在出事後的第二天我心想，我只是想大家可以笑，為什麼所有人都想我死。最初我只懂用受害者的角度來看自己，沒有想清楚當中其實涉及我不負責任的部份。當時整個人很慌亂，後來想了一想也認為笑話的確是會得罪到人的，觀點亦不是我真實的看法，於是我馬上刪除影片以及出了一份道歉聲明，大概指出我說的故事不是我真實的觀點，希望大家理解。

聲明一出，網上的反應更大，很多人走到我的臉書上留言。那時候真是很驚慌，亦收到一些恐嚇訊息，我簡直不敢外出，怕有人認到我，害怕到一個程度就是刪除了臉書這個應用程式，因為不想再看到通知了。當我在不知所措亦很傷心的時候，身邊總有一些朋友支持我，其中包括我棟篤笑的夥伴 Vivek。有一天我到了他的家中，他告訴我：「其實不要

只想自己是一個受害者，倒不如試試站在對方的立場看看，其實對方可能有很多合理的地方，你會看到更多觀點，事情亦可能沒有你想像中那麼糟糕。」

那時候網上有很多人叫我不要再做棟篤笑，我自問不是一個心理質素很強的人，我很怕面對他們，不知道應該怎麼做，但放棄棟篤笑這個想法真是沒有存在過我的腦海中，因為我真的很喜歡棟篤笑。正因為 Vivek 跟我說的一番話，我重新下載臉書，當然馬上彈出很多通知，每一個都是攻擊我的，唯獨有一個是很正面，來自一位女生，她相信我會經一事長一智，他們一家人身在加拿大都會繼續支持我，知道我一直以來用心創作，鼓勵我不要放棄繼續加油。

2016 年廣州戲劇節演出

那刻我感到很溫暖，原來還有人會支持我，然後我想為什麼她要寫這個留言，一定有人會攻擊她，果然下面真的有人說她是一個打手或留低攻擊說話，我真的很抱歉，所以私下傳訊息給她說句對不起。那時候我就有個心願，想有一天可以到加拿大多謝他們一家人。

因為 Vivek 的一番話，當晚我就細看那臉書中道歉聲明下的所有留言，嘗試了解所有人對我的看法，當中有一些是單純想攻擊我，但亦有一些留言是認真。看了所有的留言之後，我決定再寫另一個道歉聲明，以回應所有的留言。出了第二個道歉聲明後，我的心情亦比較平靜了，我已經寫了所有我能說的話，即使其他人仍然選擇攻擊我，我也願意接受。

因為這次網絡公審，我反省了很多，知道笑話原來不可以只有笑位，更要有一定的責任，同時亦覺得自己練習的時間不夠多，所以反省過後我有兩個舉動，第一就是要繼續去 Open Mic 嘗試練習新的段子，吸收多點台上經驗；第二是在我英文會考也不合格的情況下，嘗試英文棟篤笑。

我記得出事後的第一次 Open Mic，雖然心中仍然很害怕，但是上到台的時候就好像回到家的感覺，我用自嘲的方式道出網絡公審這件事，說臉書竟然通知我可以在道歉聲明那一個帖子中下廣告，因為這個帖子反應很好，也說出我最怕的就是面對臉書年尾的年度回顧。那次 Open Mic 令我感覺到好像只有在舞台上才是安全的，這裡沒有人在批判我。

嘗試英文棟篤笑亦令我創出一片天，最初我只是將中文的笑話翻譯做英文，我還記得第一次去英文 Open Mic 的時候，重拾第一次嘗試做棟篤笑的感覺，因為要用另外一種語言，不熟習以致很緊張。雖然用的都是小學雞的英文，但在外國人看來是很有趣，一個像我英文那麼差的表演者，仍然會敢於上台演出，很快我便成為英文演出的主力成員。

這次經驗教識我的不是如何處理「關公災難」，而是當發生問題時，原來可以有 1,000 種不同的方法處理，我可以堅持不道歉，特別這幾年在網絡中看到很多人都是死不悔改，也可以是馬上拍片道歉，但最值得問自己的其實是這次經驗我學懂了什麼？有什麼令我覺得更需要珍惜？以及區分到自己的想法跟其他人的想法有什麼出入？自己又有沒有問題？

原來當一個人去到最低潮的時候，在那個角度看所有事情都會是好的一面，因為我覺得自己已經不能夠再低了，我就開始問自己，你會不會放棄棟篤笑？我知道自己不會，那還有什麼事情可以做？當我開始慢慢地列出我有什麼可以做，就開始看到了希望，我想令所有人知道我是一個懂得創作的棟篤笑表演者。

30 歲

想起來數字其實完全沒有意義，但總覺得到了 30 歲就應該是一個新的階段，不再是一個小朋友，不容許自己還在學習，事業應該已經很穩定，知道自己正在做什麼，將來會是怎麼樣，正如世俗常常說：「三十而立，四十而不惑，五十而知天命，六十耳順，七十從心所欲。」很多時因為世俗的眼光，會令到一個本身追逐自己夢想的人不停的自責及內耗。

作為 2017 年 TEDxYouth@Hong Kong 的其中一個講者，讓年青人從中得到啟發。

30 歲那年，還記得我正在準備第二個個人棟篤笑，那年是我第二次做個人專場。經過上次的經驗，我心想有不少朋友會來支持的，應該 100 個觀眾是沒有問題，所以我在公開售票後就不停傳訊息給自己的朋友，但原來朋友的支持是有限額的，很多來看過第一次個人專場的朋友，我相信他們心想都已經支持了一次，即使之前做得多好，但也沒有一個很大的動機需要再支持，面已經給了。在我完全沒有預期的情況下，即使已經用盡自己的朋友網絡，卻只賣出大約 10 張門票，但距離演出的日子只剩下兩個星期。

2017 年在茂蘿街 7 號做個人專場

當時因為情緒不好，所以我就上了 Vivek 屋企跟他傾談，當然觸發點正是這場演出售票情況很差，但因為情緒影響就聯想到不同的東西，我記得當時自己跟 Vivek 說：「我覺得棟篤笑真是害了我，我身邊的朋友都已經結婚，生小朋友，買樓，有一份穩定的職業，但我正在做什麼？原本有一份正當職業，但我就選擇辭職去做棟篤笑，現在只賣得 10 張門票，我銀行戶口從來沒有試過這麼少錢，棟篤笑真是害了我。」

話雖如此，但我心裏知道自己是一個固執的人，我很熱愛棟篤笑，我一定不會放棄，可能是我不夠努力或不夠聰明，當時的我認為棟篤笑確確實實使我不能正常的生活，想到這裏我就忍不住眼泛淚光。其實跟 Vivek 傾訴，心裏也有不少妒忌，因為他就是全職做棟篤笑而能夠好好生活的一個例子。但是跟他傾訴之後真的舒服了很多，可能只有棟篤笑表演者才能明白我的心情。

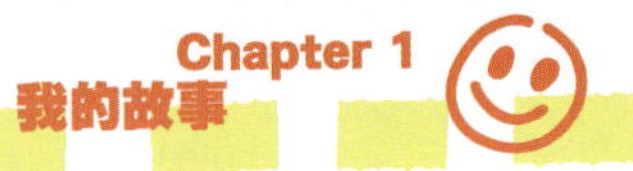

2017 年澳門演出

到了演出那天，很幸運地有 50 名觀眾前來欣賞，就在這種用鹽水吊命的日子，我的收入應該比應屆畢業生還要低。其實每一天最難受的都是自己會不停質問自己，不停折磨自己，經常問自己我還想這樣的生活繼續下去嗎？我會不會有一天窮到在街上做乞兒？這樣的問題不停折磨着我。

現在回想這個階段就真正明白到夢想真的會殺死人，那種幻想會令你失望，而且是一個深淵，自我懷疑是最恐怖的，唯一能夠做的就是消滅這個夢想，踏踏實實地把它當成自己真正的工作，不要只在「夢」的階段，希望有一日有人發現我有才能，但你要知道你不是這個世界的主角，這個世界是不會等你的，唯一能夠看得起自己的人只有你自己，要

向外告訴這個世界你是一個有才能的人。然而那時的我雖然已經 30 歲，但思想仍然未夠成熟，韌力亦不夠強，只流於不會放棄但又不是很積極的狀態。

2017 年吉隆坡 Crackhouse 廣東話演出

經歷過這次低潮之後，當你認為自己一無所有，其實同時亦是一個武器，令自己開始會想，那現在你可不可以放棄？如果你不放棄，還有什麼可以做？當我細想有什麼東西可以做時，發覺原來有很多東西我都沒有試過，例如我沒有試過將所有創作放在網上，還有我沒有試過出盡全力，令所

有人知道我陳樂添這個人是一個棟篤笑表演者。

疫情

2020 年初剛剛爆發疫情的時候，我跟一般人的感覺是截然不同，坦白說我是感到興奮的，難得有一個 20 年都不可能遇到的時期，一來正值香港混亂的時候，難得有一個喘息空間，二來好像大家都要重新想想應該怎樣維持工作，我就有一點機會作出改變。

雖然未開始有限聚令，但香港人曾經經歷過沙士，都自願留在室內，不會外出，我知道連少少的商業演出都不會有了，但就因為世界轉變了，我不但沒有灰心，反而馬上決定在日間做一個外賣員，晚上就試行做網上課程。在送外賣期間亦創作一些新段子，逢星期五、六的晚上亦做 Instagram 直播。基本上那時候，除了吃飯、睡覺以外，就是工作，但其實都不知道算不算是工作，因為大部份都是沒有收入的，只是想令更多人知道我是一個棟篤笑表演者，我能創作，我有能力。我覺得這是我的策略，我相信自己是一個搞笑又有棟篤笑能力的人，很想將自己變成一個故事主角——有一個

棟篤笑表演者遇到疫情，他選擇接受現實去做一個外賣員，到將來機會來了就會繼續走棟篤笑表演者這條路，真是很有故事性的，所以那時候我一直都不介意從事勞動工作。

2020 年我的 IG 只有 1,500 名粉絲

在送外賣的時候我看到街上沒有人，即使在平日熱鬧的蘭桂坊，都只有我一個人，這就是一種新鮮感，覺得這個現象應該很難再遇到。當時我相信疫情應該會像沙士一樣不會持續很久，在這段期間生活中也一定多了很多點子，亦充滿了荒謬的事情，寫了很多新段子，於是我決定做一個關於疫情期間生活日常的個人棟篤笑。

疫情期間訪問蘇樺偉並於 zoom 播放

最令我意想不到的是，我一直以為沒有很多人會對棟篤笑有興趣，當年我在大學第一次參加棟篤笑比賽也沒有人來參加，誰不知推出網上課程後竟然有大約 20 人參加。最初還要 Vivek 幫手做其中一堂的分享嘉賓，總共只有四堂，然後就舉辦畢業演出了。當時所有的畢業演出都很困難，因為必須是現場，受限聚令的影響，我要等到疫情放寬的時候才能夠舉辦，或是用私人活動方式偷偷地進行。

去到第三班時，遇上一個最令我感到自豪的學生，他是從美國回流香港的 Jordan，可能你在網絡上也會聽過他的名字，就是一個 ABC Jordan Leung，他網上的名字叫 69ranch，他在一次英文的 Open Mic 遇到我，我是在他前面出場的，他說看到我在台上很厲害，所以決定要報我的課程。上課後我發現他其實也很厲害，他本身在美國已有三年棟篤笑的經驗。到畢業演出時，由於每位學生都會有一張免費門票，因此他就在個人社交媒體送出那張門票給他的粉絲，而被他選中入場的那位粉絲很快就成為一個很重要的人，就是我現在的未婚妻——蘇格蘭公主。

當年有不少媒體訪問我，怎樣在疫情中仍能保持樂觀心態？其實我都不知道怎樣回答這個問題，因為我認為幽默感是不能解決問題的，只是令自己在情緒上逃避一下，又或者能化解當下的尷尬。而正正 Jordan 那次畢業演出時有媒體訪問我，他們亦有拍攝演出的過程，間中還會拍到觀眾。第二天我突然收到 Instagram 的訊息，就是蘇格蘭公主傳給我，她說我跟大家都做得很好，所以追蹤了我和其中幾個學生，希望可以支持大家。我心想原來不是只想追蹤我，但最後還是給了她那些學生的 Instagram 帳號，就這樣我們開始聊天了。

這次媒體訪問的報道在電視出街後，我看到其中一個鏡頭是攝影師影到蘇格蘭公主開心笑的容貌，雖然那個時候是需要戴口罩，但她的眼睛笑的時候很像開心果，令我印象深刻，我就馬上將螢幕截圖傳給她，說她大件事了，上了電視，然後很快我們就開始約會了。

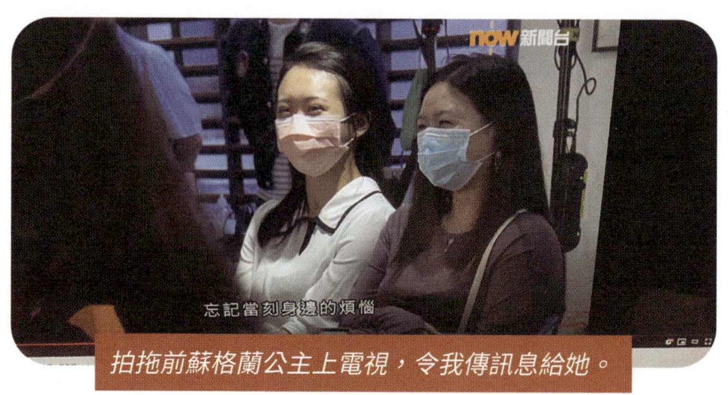

拍拖前蘇格蘭公主上電視，令我傳訊息給她。

第一次約會多得政府幫了我，因為有疫情限制，我們都不能堂食，所以約會地點就是我的家，我們一起吃煲仔飯，剛好我的同屋那天要晚一點才回來。雖然我是棟篤笑表演者，看起來我是很健談，但其實我很緊張，還怕我們沒有話題，一早在 Google 搜尋了協助破冰的 50 條問題，真是很老土，但其實很有用。因為她本身已認識我，亦看過我的表演，自然成為了一種催化劑，所以再過幾天我們就很快在一起了。

其實那時候的我不覺得自己可以有一段穩定的關係，因為我只是一個事業未有成的棟篤笑表演者。有一次跟她聊天，我們談論起這個話題，但是她完全沒有介意我的身份，還說很欣賞我的才華，覺得將來我一定會成功的。當她說完後，我心想可能有一天她會覺得自己是錯的，但既然不是目前，那就倒不如好好享受我們在一起的時間吧！

2021

2021 年，香港人都習慣了與疫情共存，習慣了不能夠聚集，習慣了不在辦公室上班。那時候的我因為受疫情限制，已經沒有舉辦廣東話演出一段日子，我們只是做一些網上演出，但完全不是味兒，眼見有些觀眾是一邊洗碗，一邊看演出，也有一些觀眾會一邊乘搭交通工具一邊看演出。作為主持的我，還要提醒在室外的朋友，記住要將手提電話調校至靜音模式。雖然不是現場面對面的棟篤笑，但很感謝他們在艱難的時刻還支持我們，當然這真的與一直習慣的棟篤笑演出很不同，那面對面現場的笑聲，那種距離感，那種即使沒有交談，也能感受到人與人之間的交流感覺，都是在網上演出時不能夠體驗到。

而香港人那時候也習慣了等，等什麼？就是等政府暫時放寬疫情措施，我記得當放寬疫情措施時整個街上都是人，難得可以放寬，一定要外出吃飯。而作為棟篤笑表演者的我們，也等着疫情放寬可以舉辦現場演出，即使只容許坐 75% 的觀眾，也值得馬上舉辦。在 2020 年，因為我沒有其他東西可以專注，所以只專注創作，到 2021 年已經準備好要舉辦一個全新的個人棟篤笑。

在放寬疫情措施之前，我已經急不及待周圍找場地，那時候我還有點自大的在臉書跟大家說我要做個人演出，我認為可以做更大的場地，問大家有沒有能容納 200 人左右的場地推介。有一天我拿着很多不同場地的資料，到蘇格蘭公主面前跟她說：「我找了很多場地，最特別在柴灣有一個 Y 綜藝館，可以用一折的價錢租場，很瘋狂！但這場地不適合我，因為可以坐四百多人，我一定沒有那麼多觀眾群啦，但其他的又真是很貴！」而蘇格蘭公主就跟我說：「為什麼你的演出不可以坐四百多人？其實你自己有沒有什麼目標？如果你的目標是可以做一個較大的場地，即使最後很少人參與你都要做，最多最後人數少就讓所有觀眾坐在前面，他們根本不會介意你有多少觀眾。」

我被她說服了，於是決定人生第一次在四百多人的場地演出。開始售票的時候是非常擔心，我努力聯絡所有朋友，逐一傳訊息給他們，也在網上宣傳，希望這幾年來在網上建立的一切沒有白費。

2021 年柴灣 Y 綜藝館個人棟篤笑

在開賣兩個星期後，就賣出了一半門票，完全是意想不到，因為我對上一次的個人演出只有 30 多名觀眾，這一次竟然有 200 人來參加？對我來說最瘋狂的是在演出前的一個星期，所有門票都已經售罄，這是絕對出乎意料之外。

最後那次演出大成功，我終於將那兩年來最精華的笑話一次過釋放出來，那次感覺真的很滿足。更意外的是，完了那場演出之後，一個英文演出場地的負責人想跟我合作，那個場地是 90 人，我馬上決定加場，然後又真的會爆滿。

從那次開始，我發覺原來有人會認同我，我是可以有觀眾的，不是每次都只能靠找朋友來，原來在過去兩年我不停在網上做直播，把棟篤笑片段放上去，走出了之前網絡公審的陰影，盡情表達自己，是有人看見的。想起蘇格蘭公主之前跟我說很欣賞我的才華，覺得我一定會成功，我以前還以為她是錯的，她一定會後悔，但漸漸我覺得原來我是有機會的，在不經不覺之下，原來那年我已做了棟篤笑 10 年。10 年是那麼快的事，慶幸一路走來不全然是白費，這次經歷後令我更期待未來繼續做棟篤笑的生活。

2022

2022 年是由本身心想終於遇到不可能再遇的時期，到只想究竟何時這個時期會過去？如果說 2021 年是我棟篤笑生涯的轉捩點，正式進駐更大的舞台演出，那麼 2022 年就是一個相反，是棟篤笑生涯最辛苦的其中一個經歷。剛踏入 2022 年，我還滿心期待，認為我的事業應該開始有一點進步，甚至把工作室搬到一個更大的地方，所以租金更高昂了。誰不知，疫情突然來了第三波，而第三波是最嚴重的，曾經試過有一段時間每天都有過萬宗確診，因此政府更嚴厲地收緊政策，莫說是舉辦演出，甚至乎外出也不容易，連餐廳堂食都沒有了。那年頭我就想，不如試試做多一點網上的東西，於是嘗試了 Patreon，亦在每星期做直播，然後下午就去當兼職外賣員，一有空閒時間就會將直播剪輯成短片再發放到臉書及 Instagram，以推廣 Patreon，這是我最辛苦的一年，為什麼？

首先，我不是一個明星，如果沒有誘因，及沒有很好的內容，沒有人會付費去看 Patreon 的內容；即使有好的內容，可能大家都認為每星期都能夠看免費的內容，那就不用

特別訂閱付費內容；另外 Patreon 內容也不能夠揸流攤，必須上載有心思的內容才可以繼續運行。

但是，我只是一人營運，可能我做事實在太慢，時間根本不夠多，所以那一年雖然持續不斷地創作，但訂閱人數都是不太多，即使有一段時間多了，但他們看了一、兩個月後就會取消訂閱，然而我還是非常感謝那時候仍然會維持訂閱的觀眾們，這些都不是最大問題。最大問題是作為一個棟篤笑表演者，我最渴望的始終都是做實體現場演出，但那個時候連外出的人都很少，更不要談有沒有場地可以容許我租場。

最深刻的一次，在多個月來都不能夠有現場演出後，終於可以報名參加英文 Open Mic。雖然是用英文演繹我新的笑話，但那種盡情釋放壓力的感覺是多少錢都買不到的，能夠在台上表達就是棟篤笑表演者最想做的事情。

我記得在 2022 年 10 月開始，我就計劃無論 2023 年到外國要不要隔離，也決定要巡迴做演出，那時候我已經報名參加墨爾本以及悉尼的喜劇節。由 10 月開始我就嘗試在 Instagram 發放舊有的棟篤笑影片，出乎意料之外，連續兩條影片都有過百萬觀看次數，然後到 11 月我決定要在香港做一個叫 TGIF 系列的棟篤笑，那名字的由來是 Tim's Gig It's Friday。因為我在 Instagram 的追蹤人數在兩星期內瞬間由 5,000 多個暴升至 30,000，所以 TGIF 棟篤笑很快就爆滿。我打算利用香港這次演出實驗我自己的內容，再準備 2023 年的世界巡迴。老實說一開始的時候我只想到疫情前經常去的墨爾本，最多是在澳洲等多一至兩個地方舉辦，誰不知最後去了 10 個不同的城市。

世界巡迴

墨爾本及悉尼

到了 2022 年，在香港坐疫情監已經坐了第三年，我當時決定無論下一年疫情環境是怎樣，我都要到外地闖一闖。在香港真的很抑鬱，眼看全世界各地的喜劇圈都在繼續運作，香港還是有限度的做現場演出，真是透不過氣，所以就決定不論要隔離多少天也要舉辦世界巡迴。這次我準備好的演出對我來說很有意義，因為內容是關於過去 10 年的棟篤笑生活，甚至提及了過去被網絡公審的日子，把我真實有血有肉的生活拿出來作喜劇，這是 2023 年的其中一個目標，另一個目標就是希望經過巡迴世界各地，把所有段子練習得滾瓜爛熟後，最後一站可以回到香港一個大場，做個最佳的演出。

悉尼喜劇節的英文演出

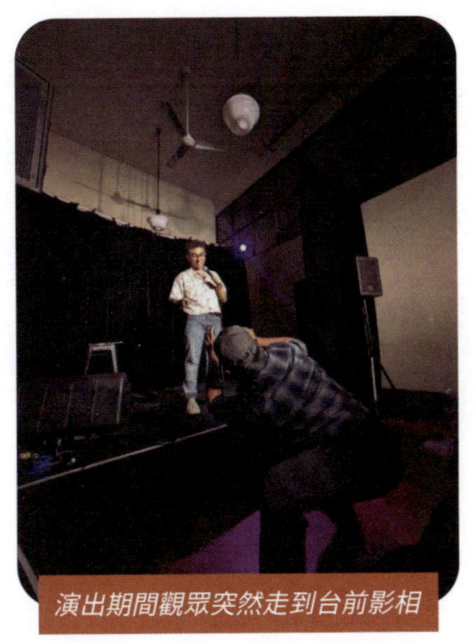

演出期間觀眾突然走到台前影相

所以在 2022 年我已經申請了參加墨爾本及悉尼的喜劇節，由於我在墨爾本喜劇節已經有三年經驗，心想他們一定會批場地給我，誰不知因為 Vivek 也報了墨爾本喜劇節，而主辦方認為只需一個廣東話演出已經足夠，以致最後墨爾本戲劇節沒有批發場次給我。那時候我很憤怒，但好消息是悉尼喜劇節因為認為我是首個廣東話演出，所以很值得批發場次給我。

悉尼喜劇節的廣東話演出

由於可以到悉尼表演，也很幸運地我在墨爾本也有不少朋友幫忙，因此最後也在墨爾本舉行了三場演出。能夠看到在那邊久違的觀眾朋友，很像探望遠房親戚一樣，特別有親切感，而最開心的，就是蘇格蘭公主陪我一齊到墨爾本玩，雖然這樣便沒有時間看墨爾本喜劇節的演出，但在悉尼也看到飽了，而那次突破就是第一次到悉尼做演出。

在墨爾本舉行了三場演出

在墨爾本與台灣棟篤笑表演者午餐

在當地接受 SBS 訪問

Town Hall 廣告版

2024 年在墨爾本喜劇節
找到自己的演出海報

台北

疫情期間，商台節目主持健吾曾經找我做訪問，自此我們開始混熟了，我也說服他來試試做棟篤笑，所以他在香港演出了人生第一次的個人棟篤笑。之後我跟他談論過可以到台北做演出，在他幫忙下，就在台北一起舉辦 back to back 連續兩場棟篤笑，一場健吾場，然後是我的場次，很高興解鎖了台北。

卡米地喜劇俱樂部

其實之前我跟台北卡米地喜劇俱樂部的老闆也有合作過，去到台北後知道他們有新的場地，那裏的燈光及音響是我去過世界各地數一數二最好的，閒來跟老闆 Social 哥聊天後得知原來香港的棟篤笑跟台北的脫口秀起初創立的時間只差一星期，真的很羨慕台北有很多有心人一起做好當地的脫口秀文化。香港並沒有好像 Social 哥那樣不是表演者的主理人，在香港要舉辦棟篤笑還是要靠表演者本身主理，希望有一天香港也能進步到好像台北一樣。

台北脫口秀的文化發展令人羨慕

愛丁堡

當我完成了墨爾本及悉尼的演出後回到香港，再到台北表演期間，終於收到來自愛丁堡藝穗節的電郵！這是全世界最大的喜劇節，無論有多困難都想試一試。很幸運地，那一年全靠 ChatGPT 發明得好，我不停利用它幫我寫電郵給愛丁堡那邊，看看有沒有場地可以給我，然後在台北表演期間，終於收到電郵回覆，是愛丁堡一個場地負責人通知我有最後候補位置。一般而言愛丁堡藝穗節是很困難才能找到場地，他們一般都會傾向找舊有合作過的表演者，所以這個候補位置對我來說是非常珍貴，我很想去愛丁堡見識一下，而且那裏就是蘇格蘭的首都，很想看看蘇格蘭公主的家鄉是怎麼模樣的呢？

當我有了愛丁堡入場券這個基礎，確保可以合法在英國舉辦演出後，我就着手再找英國不同的地方，包括曼徹斯特及倫敦，很快便已經找到倫敦的場地，再過多幾星期就收到曼徹斯特那邊的電郵，所以我突然在一個月之內決定了英國三個地方的演出。最初我也不知道反應會如何，只知道有好多香港人移民到英國去，但不確定是不是定居於這幾個地方，特別是愛丁堡，經常聽人說那邊比較少香港人，因為天氣比較凍，生活也比較平淡，很少香港人的圈子，而實情又是如何呢？容許我逐個地方講述一下。

首先是愛丁堡，我真的第一次去到這個地方，可以說如果你是 100 年前坐時光機來到現在，而你降落到愛丁堡，應該也不會迷路，因為全個城市都是古老建築，很多地方就像城堡一樣，我感覺自己像住在一個城堡裏。特別是舊城區，真是很漂亮，我之前沒有踏足過這麼多英式建築的地方，包括我演出的地方 Surgeons' Hall，於 1832 年建成，已經有 300 多年歷史，而我住的地方是知名的愛丁堡大學，於 1583 年成立，住在那裏真是很有懷舊的感覺。

關於愛丁堡藝穗節，它是全世界最大的喜劇節，難得能夠參與當然一定要看看到底有多大，我最驚奇的是有一些亞洲的棟篤笑表演者，他們是在下午演出，亦看過一些表演者是在深夜 1 點鐘演出，我很好奇那些時段怎會有人去觀看演出呢？於是我就問問當地的人，原來愛丁堡藝穗節之大，是會吸引到即使有工作在身的人，也會專程請一星期的假期來看演出，這是完全意想不到，他們的藝穗節之大，就是有這樣的吸引力。

我在墨爾本看過很大的戲劇節，但也不會有人特意請假來看演出，而愛丁堡這節日關於演出的節目介紹，已經有一本書那麼多，即是整個城市由早上到深夜都會有不同的演出，而且很多都是免費的，我心想他們怎麼賺錢呢？原來是自由定價，所有表演者完場後都會在門口拿着一個箱跟一個 QR code，然後觀眾離開前會在表演者面前放下這演出值得的價錢，我真的看過有一些觀眾是一蚊都不比，連我這個經常算都盡的香港人都沒有這個膽子不比錢。除了藝穗節，基本上愛丁堡所有的大節日都在這個月發生，例如有愛丁堡軍樂節，晚上會在愛丁堡城堡發放煙花及有軍操可以觀看，可惜要提早很多才能購票，我沒有入場，只能在外面看煙花。

愛丁堡的街頭表演

這個月吸引到世界各地不同的遊客來到愛丁堡，但老實說，在街上是很難聽到廣東話，所以我很好奇為什麼會有這麼多人購票入場看我的演出。一到步的時候，我馬上看其他人的演出，特別是馬戲，我看的表演種類比墨爾本喜劇節更多更廣，絕對是大開眼界，然後在街頭也會看到表演者為了宣傳自己的演出，會穿着奇裝異服，也有人站在兩米高的高橋周街走，當地人是沒有可能不知道這節日的存在。

關於我在愛丁堡的廣東話演出，應該是首個廣東話棟篤笑在這邊舉行，即使廣東歌的演唱會也很少在愛丁堡舉行，大家都覺得這裡很少有香港人，而我不知道算是幸運還是不幸，香港正在經歷移民潮，很多人選擇移民到英國，愛丁堡就是跟香港完全不同的一個地方，她比我其他去過的英國地方節奏更慢。

幸運地那次演出基本上是六場全部爆滿，在愛丁堡演出有三大挑戰，第一就是一般棟篤笑的演出都是在晚上，但我的演出是在下午，應該說差不多九成的演出都是在下午，因為在愛丁堡的夏天（我第一次感受夏天是那麼凍）是晚上 10 點太陽才會下山。 第二就是愛丁堡的天氣比較寒冷，所有地

方都沒有冷氣機，當你在室外感覺頗為寒冷，但在室內容納 50 人的地方就會感到很熱很侷促，我甚至見過有一些表演者會帶備噴水壺在演出期間突然走下台噴向觀眾，以及開門大約十秒，令觀眾不用那麼侷促，總之他們就是會突然中斷演出，對表演者來說是十分具有挑戰性。

我在愛丁堡第一次的演出跟我在香港開頭幾年演出棟篤笑的觀眾是差不多，進場的觀眾有一部份是在香港完全沒有看過棟篤笑演出，只是因為有廣東話表演才來的；即使知道什麼是棟篤笑，但他們都可能只是看過黃子華的 DVD，跟現場演出是完全兩碼子的事。他們進來的時候不太知道會是怎麼樣，甚至不敢大聲笑，直至到演出了 15 分鐘左右觀眾熱好身，他們才明白棟篤笑原來不只是台上說笑話那麼簡單，還要配合觀眾的笑聲演出才是更完美。其實蠻有趣的，很有回到過去的感覺，在過程中看到他們越來越投入，滿足感亦隨之更大。

第三就是一般我的個人棟篤笑演出都是一個多小時，但在那一個場地負責人只提供 50 分鐘時間給我，然後在 5 分鐘內要收拾好所有東西，所以我要將一個多小時的演出濃縮到

50 分鐘，有一些笑位很可惜地要刪除掉。最後六場演出都順利完成後就要馬上去曼城，因為每一天都是成本，第二天就已經是曼城演出。在談曼城演出之前，想說一些私人事情，你願意聽嗎？不願意可以跳過這一段。

由於愛丁堡跟格拉斯哥只有一小時的車程，而格拉斯哥就是蘇格蘭公主的出生地，所以我就決定在這一趟旅程除了要準備自己的演出外，就是要見一見未來外母一面。那一次我是非常緊張，在前一天晚上已經幻想着所有的情景，包括在進入餐廳後我馬上偷偷地拿出信用卡到櫃檯說明用這張卡付款，那就肯定不會在收到賬單後推來推去，因為已經一早付款了，也準備了很多話題，其中就是外母很喜歡一個小眾的 YouTuber，剛好我也拜讀過他的書本，所以我們非常好運地有共同話題，那一餐也算彼此留下不錯的印象。完了那餐飯後我如釋重負，因為之前蘇格蘭公主跟我說過未來外母對女兒的男朋友是非常高要求的。

曼城及倫敦

在 2023 年，我在曼城只逗留了兩天，其中一天就是表演，然後很快就到倫敦演出。當完成所有演出後，我就綜合我去過英國的三個地方，然後寫了一個關於禮貌指數的笑話。我的女朋友是蘇格蘭人，他們特別注重禮貌，她在香港生活經常指出很多沒有禮貌的行為。而我因為由細到大都是在香港長大，沒有特別發覺香港人沒有禮貌。還記得有一次茶餐廳夥計給我一杯奶茶，蘇格蘭公主就已經指責我為什麼沒有說「唔該」，在她的潛移默化影響之下我就對禮貌指數很敏感，所以就寫了關於英國禮貌指數的笑話，真的是蘇格蘭那邊最有禮貌，而倫敦可能生活節奏跟香港差不多，所以禮貌指數也是差不多，但總體而言，英國人一般說話都不會太直接。

在曼城時到舊同學家借宿

我們在香港總會不時聽到有些朋友跟你說「你近來好像肥了」這些話，但英國人絕對不會這樣說話。在曼城跟倫敦因為不是藝穗節或喜劇節，所以我都沒有看很多演出，特別在不是喜劇節的地方看演出價錢會更貴，所以我看的不是喜劇，而是在倫敦很著名的音樂劇。但我只看了一個，當然我很想看出名的劇目，但通常都已爆滿，而且價錢很昂貴，所以我只看了一個關於 Michael Jackson 的音樂劇。

關於 Michael Jackson 的音樂劇

我進場之前心想應該都只是唱 MJ 的歌，就好像內地那些扮周杰倫做演唱會的黑杰倫一樣，但事實並不是這樣，而是訴說 MJ 的一生，很有感染力，特別喜歡最後改編音樂跟舞步的 thriller，形象化地講述 MJ 被控制得如喪屍一樣，到最後全場站立拍掌，讓我看到音樂劇的感染力原來可以這麼大。

首次在倫敦演出即售罄，令我很意外。

找來剛移民到英國的阿初幫我做暖場嘉賓

而我在倫敦的演出，一開始心想應該比起曼城會更少人，想不到差不多一開賣就已經爆滿，所以在 2024 年一開始我就已經決定要做三場演出。最驚喜的是原來不只英國人會入場，連歐洲其他地方，例如法國的香港人都會過來。還記得最深印象是有一位太太帶同女兒坐在第一行，我說一個關於過去的故事，那太太突然插嘴，說 Tyson Yoshi 也有看我的 Instagram，然後才知道她是一個 Tyson 的大粉絲。我跟她說我不及 Tyson 那麼壯，所以千萬不要掉你的胸圍上

來呀！她很爆地回應說她們是習慣不穿內衣的，結果全場爆笑，是很玩得的觀眾，我還將那段互動影片遮了樣後放上網分享，因為實在太好笑了。

倫敦場跟台下觀眾互動很有趣

紐約

紐約是棟篤笑的發源地，世界上沒有一個地方的棟篤笑俱樂部比紐約那麼發達，我由開始棟篤笑以來最想去的一個地方就是紐約，因為我一直以來做的都是比較接近美式的棟篤笑。即使我去到墨爾本喜劇節或愛丁堡藝穗節，他們的喜劇的確很有特色，但跟我平時做的表演是完全不同。

紐約重遇已移民舊拍檔 Matina

不知道吸引力法則是不是真的，我記得在澳洲回港後，可能開始有人知道我計劃世界巡迴，美國的一個棟篤笑俱樂部，他們主力是做亞洲人的演出，所以主動聯絡我，問我可不可以在他們的俱樂部表演，我非常興奮，這正合我心意，心想即使明知是賺不到錢，也一定要去一趟紐約。紐約是我全世界去過那麼多地方最困難弄到簽證的一個地方，之前我甚至要白白浪費一張機票，因為未弄到簽證，但最後也成功去到紐約。紐約的酒店房租真的很貴，可以在香港正正常常的一間酒店住一晚的價錢，在紐約只能夠住太空艙。

一到埗當然一定要去看那邊棟篤笑的生態是怎樣，那邊的演出真的很瘋狂，我只說那邊一個領頭的棟篤笑俱樂部 Comedy Cellar，他們一天可以有 10 個演出，然後每個演出都要在三天前購票，否則就買不到，如果要購買週末的演出基本上五天前就要購買，而且不是購買門票就可以進場，還必須購買最少兩杯飲品。一個演出大約可以容納 150 人，可想而知那邊的棟篤笑文化是有多蓬勃，而觀眾亦不是因為某一個表演者才進場，他們相信這個棟篤笑俱樂部出產的演出必定是好的演出。

位於紐約的 St. Marks Comedy Club

疫情過後，基本上在紐約的 Downtown 相比疫情前不會有那麼多人，會看到那邊的酒吧都不一定滿座，唯獨在門口一定會有一條很長的人龍，那就是 Comedy Cellar。當我終於能夠進場後，見到每位表演者大約有 15 分鐘的演出，而每位都有資格可以做壓軸表演的一個。那邊的棟篤笑表演者真的很厲害，後來我知道很多表演者在表演完後就馬上走去另一間俱樂部再表演，所以他們一天可以有四至五個演出去練習自己的段子。看到美國的表演者大多數都有很穩定的演出，背後原因可能是他已經將段子講了 10 次以上。

在紐約的演出，觀眾氣氛高漲。

不知道是不是因為那邊有豐富的棟篤笑文化，以至我在紐約的演出雖然只是第一次，但觀眾的氣氛差不多是世界巡迴以來最好的，我說「差不多」，因為還有一個地方的觀眾永遠都是最瘋狂，接下來就會說到。的確紐約是我學習到最多的地方。

洛杉磯

其實當初我決定巡迴的地方時，並沒有考慮到太多，只要我覺得能夠承受到風險就去，甚至乎我是沒有想過賺錢，只是想實現自己小小的心願，看看這世界的喜劇環境是如何。從朋友介紹下認識洛杉磯的場地策劃人後，在穿針引線之下就到了洛杉磯演出。那次演出雖然只做一場，但都有 70 多個觀眾，可能因為很少有廣東話的表演在這裏發生，所以他們的反應是非常熱情，演出過後有觀眾問我為什麼會過來，因為這裏真的很少香港人，那時我才知道洛杉磯的真實狀況。

洛杉磯的觀眾甚為熱情

這個地方又是令我大開眼界，我看過紐約的繁榮，他們的生活速度跟香港是差不多，但洛杉磯就有很大的分別，我心目中覺得洛杉磯就是荷里活，必定是很發達的地方，但原來這裏有很多無家者，有一次在電台接受訪問後，那個主持人更提醒我要小心出入，因為那邊的治安不是很好。的確很隨意就會在街上看到一些「摺疊人」，他們就是在吸毒後連站立都有問題，要彎下腰像喪屍一樣行走的人，的確很危險。

洛杉磯演出現場

我在那邊的朋友都提醒我一定要坐 Uber 出入，但那邊的 Uber 跟巴士的價錢實在差太遠，所以很多時候我都是坐巴士。我看到一個現象就是巴士司機看到一些人上車，即使他們沒有付錢，巴士司機也會給他們進入，而巴士上是什麼人都有，有些是穿着西裝上班的人，也有些是拿着一大個袋周圍走的無家者，實在很少像我一樣的亞洲人，所以我上到巴士有時也會有一些不安全感。

加拿大

加拿大的演出包括有多倫多，然後就是溫哥華，這次旅程又是非常的傳奇，並不是我自己找來的，但一直都想到加拿大做演出。突然有一天一個於加拿大工作的公關在 Instagram 私訊我，說有機會可以到加拿大演出，我立馬就應承了，原來她也是第一次幫助舉辦棟篤笑，甚至是第一次舉辦現場演出，但她真的是非常幫手，在早早的半年前就已經周圍找場地。當去到多倫多那場地，一進去是不錯的，只是喇叭實在不夠力，會有一點「拆」，我本身害怕後面的觀眾會不專心，但那次演出是非常的好，然後再加場就是在一

個很大的場地，應該是我在巡迴期間最大的一個場地，坐了二百多人。

能夠到多倫多演出是多麼的神奇

多倫多加場是巡迴以來最大的場地

最後悔的一件事發生在溫哥華，在那裏已經賣出三場棟篤笑門票，而有一天是需要一晚連續演出兩場，但在多倫多飛往溫哥華期間，我在飛機上患上感冒，下機後的一天已經失聲，雖然最後也算順利進行，但是我心裏面總有一點不舒服，覺得自己可以有更好的表現，就只是因為自己狀態不好而影響到整個演出。

從那次開始我就決定每次在外地演出，都一定要好好保護自己的身體，不可以有病痛，在飛機上也一定要戴上口罩，即使多麼辛苦。其實在我心目中辜負觀眾不是最重要，而是當那次演出不是我盡力而為的一次，我心裏總是很後悔。

至於加拿大，我是人生第一次到這個地方，還探訪了一些朋友跟親人，因為實在有太多香港人移民到加拿大了，基本上在多倫多及溫哥華的街上是不需要懂得英文，只要是住在唐人區，都可以在這些地方生活。那位帶我來加拿大演出的公關是非常的好，甚至乎為了節省旅程的支出，她還讓我住在她的弟弟家中，我經常跟她說，她簡直就是我在加拿大的一個家姐。到了溫哥華時終於可以遊玩一下，他們一家人

就帶我到溫哥華出名的景點，那是就明白為何楓葉是加拿大的象徵，因為那邊的楓葉真的很漂亮。

Chapter 2

段子背後

讓座

棟篤笑原文

有沒有人是乘地鐵返公司的？可以舉手。那有沒有人是乘巴士呢？那其餘的是什麼？是乘的士的？我是不相信有人乘搭的士返公司的，因為有一次有一個觀眾說他是乘搭的士返公司，後來才發現他原來是的士司機。

我是乘搭地鐵的，有時候你會看到一些很尷尬的年齡，就是一些 60 幾 70 歲的年齡，他們有白頭髮，但企得很直的，你會開始懷疑，我應不應該讓座給他們呢？有一次，有一個尷尬年齡進入到車廂，我就很有禮貌起身跟他說：「你坐呀！」然後他就突然轉身，裝作看不到我。整個車廂看到我起身，然後再坐下，他們會認為我是起身放屁之後再坐下。那一次之後我就決定以後都不會讓座給那些尷尬年齡，但又有一次又有一個尷尬年齡經過，今次我雙眼望實她，我用眼神傳送一個訊息是：「我不會讓座給你，你想也不要想！」突然，我身旁的那位師奶就讓座給那位師奶，師奶讓給師奶，黐線的，當我很興奮的時候，那兩位師奶就一齊盯着我，說：「現在的年青人真的沒有禮貌，不讓座的！」我看到她們，我真的很尷尬，所以當我離開的時候我就扮傷殘人士拐腳走路，拐到門口時那道門已經關上了。

背後故事：

地鐵讓座這一個笑話是我在棟篤笑俱樂部的第二個笑話，我最欣賞這個笑話是最後的大笑位不是由口講出來，而是用一個動作演繹出來，亦是一個 thinking joke，看了動作再想到為什麼動作像傷殘人士，然後再回想扮傷殘人士是為了解決那尷尬的環境。

我還記得當時的我真的是草木皆兵，所有在我身邊發生的東西，我都盡量觀察，希望可以用來作棟篤笑的材料。

讓座這個笑話的靈感是來自有一天我坐在地鐵的座位上，突然有一個師奶進來，我真心的不知道應不應該讓座給她，她不是一個老人家，又不是很年輕，就是在這尷尬年齡之中，可能只要她身上拿多一點東西，就只差那一點東西，我就覺得有需要讓座給她，但那時候就尷尬了，因為我看着她，又不知道她想不想坐，所以我唯有跟着我隔離的其他乘客一樣，看着我的電話扮看不到其他人。當我正在看電話的時候，就決定要抄下這個笑話點子，也能化解我那時候的尷尬，因為我有東西正在做，有大條道理令人知道我是看不到她進來的，整個笑話就出來了。

這個笑話最強的是歷久不衰，雖然是 2011 年創作，現在的廣東話演出已經不會再講這個笑話，但是當我在英文演出講的時候，很多時仍然會是一個令觀眾笑到拍手的笑話。

一個成功的笑話能令觀眾笑到拍手

曙南

棟篤笑原文

我有一個朋友是不需要改他的花名，他整個名字已經很有趣，他是姓謝，第二隻字是曙光的曙，第三隻字是東南西北的南，曙南，是真名來的，我不知道是他的媽媽玩弄他還是如何，你知我份人本身好外向的，一開始認識他的時候就說：「喂！有什麼花名叫你啊？應該怎樣叫你？」然後他跟我說：「我全名就是我的花名。」自此之後很喜歡跟他一起出街，因為有個機會可以大叫：「處男，這邊啊！處男。」有一次曙南他病了，那時就有趣了，因為護士要開咪的，那護士這樣說：「（忍不到笑）處男請到 1 號窗。」但問題是最後有五個人彈起身，而我是其中一個，因為真的忍不住，心想：「是不是可以醫呢？」

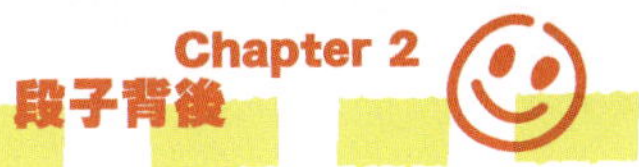

背後故事

回想起這個笑話已經是 14 年前，用最表面的東西——名字來說笑真是很簡單，我現在很少機會會再寫這些笑話。又是踢爆聖誕老人是假的時間，在我開頭幾年創作棟篤笑，很多時候故事都不是真實的，而是從真實的事情中找到靈感，然後再誇張或創作一個故事給它，當然現在我的寫作方法是不同了，創作時會傾向更真實，創作的段子也更貼近自己的想法。但講到這一個笑話，靈感是由於我的姐姐是一個從事教育界的人，而有一次她跟我說在學校裏有一個學生叫曙南，我第一時間心想原來有阿爸阿媽真的會這樣改自己兒子的名字，真是給他的朋友玩弄一世。

很多時候喜劇是源於悲劇的，很明顯這個人身邊的朋友一定會取笑他的名字，悲劇自然出現在他身上。如何能夠將喜劇形成？就是將荒謬的地方更大化，所以我會開始想他在什麼地方會最尷尬？他會不會想自己改名？他又有沒有花名呢？

我最記得是有一次我們在做寫作練習的時候，互相討論自己將會講的段子，於是我就提出「曙南」這個段子，我說我應該會將情景放置在醫院裏，然後姑娘叫病人到櫃面取藥開咪時，會忍不住笑，其他棟篤笑表演者就建議我在最尷尬的時候，會不會有人將那個名叫曙南的人誤會成真正的處男呢？我思前想後，於是就把醫院裏姑娘開名叫人的時候，我就誤會了姑娘叫處男到 1 號窗是真的叫我這一個處男，果然第一次在台上試就已經做到一個大笑位。

能夠製造大笑位的笑話，令人印象深刻。

小學生週記

棟篤笑原文

小學生就是要做週記，但一星期只有七日，而我只是一個小學生，可以有幾多經歷呢？我有五天都要上課，那我可以寫什麼呢？我唯有將週記變成作文了，我當時就寫「3 月 14 日 晴天，今天我撞車，被車撞飛彈 1 千米，但我吐血也要告訴我的媽媽，我的週記簿在我書架右邊數上的第三本（這是由於我有收拾書包的習慣），現在我在醫院，醫生說我的內臟全爆了，現在我一邊的吐血，一邊的寫週記，因為我很有信心今次的周記會有 A ＋的，醫了很久今天可以出院了，明天開心的再見吧陳老師。」

然後第二天交功課的時候還要交戲，（扮腳傷的動作），陳老師要改簿，改天就交回簿給我，他寫了一些評語，說：「陳同學，週記不是作文，請重做，為了給你題材，我已通知你的媽媽，看來今次真的可以一邊吐血一邊寫週記了，另外不要再因為滿足 150 字而寫那麼多個『的』。」

背後故事

週記是一個笑話的起源，有一次我在家中找到一本小學的簿，不是真的週記簿，而是每個人都見過後面寫着九因歌，還有 A 至 Z 的文字，非常經典的一本小學筆記簿。我開始回想小學時很多荒謬的事情，而週記正正就是其中一樣，所以無錯，我們棟篤笑表演者就是很喜歡對着一些很普通的東西，都會亂想一通。那一天正正就有一個 Open Mic 給我嘗試，在 Open Mic 之前還有一個寫作練習，我記得上次在其他棟篤笑表演者面前講了一次這個笑話，最初稿是只有幾句的笑位，但他們已經覺得很爆笑了，所以我決定增加入醫院的情節，爆開內臟跟吐血那些東西。然後在第一次 Open Mic 試了後，還覺得可以加上老師的評語，所以再加長了段子。

如果你有看過世界各地的功課，大概只有香港才有這一份週記。

還記得有一次，老師嚴禁我們亂作，說周記寫的內容一定要有證據，例如去博物館就要貼上入場券，完全是為了作弄我們。我記得我當年的週記永遠都是飲茶，然後加很多「的」、「是」，如果故事是關羽跟朋友一起出外，朋友一定不只一個，起碼都要有五個名字，小學生就是這樣，大家心知都是為了交功課。

我最記得關於這笑話的一件事，就是我拿着那一本假的週記簿，然後在一個慈善演出的場合表演完後，在升降機裏遇到一個剛剛看完我演出的小朋友，她說很喜歡，然後很興奮地問我那本週記簿是真的嗎？當然我還很年輕，所以老實告訴她這只是個笑話，是假的，我看着她的眼神由本身對我充滿興趣，然後變得失望。那一次我就知道當小朋友問聖誕老人是不是真的？即使你知道很愚蠢，怎會有一個喜歡小朋

友的變態佬，又是一個肥佬，還要在煙囪闖進來，拿着一個賊袋，滿面鬍鬚，令你看不到他的樣子，聲稱會派禮物給你，竟然會說有一個這樣的人存在？但是你為了小朋友，你都應該要說謊。

Bi Bi 鞋

棟篤笑原文

我媽媽是一個討厭麻煩的人，一有一些東西令她心煩就會消滅。小時候我們每人都有一雙 BiBi 鞋，即是穿上腳會有 BiBi 聲的，我爸爸就買了一對給我，我就展示給媽媽看，我說：「媽媽你看，我有一對 BiBi 鞋呀，Bi Bi Bi Bi……」

媽媽就說：「回到房裏，馬上！」

第二天，她就把我的鞋子剪開，然後放一些廁紙入去，所以後來我出街是發出「呼呼呼」聲。

另外我媽媽是一個很愛看電視劇的人，有一次有一些警察上門找我們協助調查，我們沒有犯事，只是協助調查，然後我媽媽因為看得多電視劇上晒身，一開門看到有警察就突然說：「律師未來之前我是不會說話的！」然後我爸爸聽到就馬上打電話給律師說：「陳律師，你可以不要來嗎？難得她不說話。」

背後故事

這個笑話的起源是有一天我跟姐姐聊天的一個晚上，忽然回憶起小時候的故事，這個回憶是我家姐告訴我的，事實是那雙 Bi Bi 鞋是我媽媽買的，而的確我媽媽有一天覺得我那雙鞋因為不停的發聲很煩厭，於是把鞋子剪開，再塞入一些紙巾，當然我是完全忘記了發生過這件事，但那天晚上我姐姐跟我說我和她當時笑得很開懷。

當天晚上我們還說了其他關於我媽媽的故事，那時我的年紀已經到了有記憶的階段，應該是大約小學三年班。在那年暑假，我家中還有另外一個我媽媽負責托管的小孩，媽媽在家中教我們摺紙，但不是摺飛機或紙船，而是摺了一個跟碗一樣的紙兜，我一臉天真好奇的問媽媽：「這是什麼？」媽媽突然很有創意，發揮她的幽默，跟我說：「這個是給你在街上做乞兒乞食用的。」我在沒有做錯任何事情的情況下，突然被媽媽說出這震撼的攻擊進入我耳朵，我馬上嚎哭

起來。現在回想真是很冤枉，肯定對小朋友的成長是不好的，但作為一個棟篤笑表演者，這個答案確是很有創意。

那天晚上我跟姐姐聊關於我媽媽的回憶很開心，而我最有印象的一件事也是姐姐分享給我聽。大約在 20 年前，姐姐還是學生期間，跟我媽媽吵架，最後姐姐寫了一封信跟媽媽道歉，想不到媽媽這麼多年仍然將信保留在自己的衣櫃裏，還要擺在她放睡衣的抽屜，即是每天都會開的一個抽屜。如果不是媽媽過身，要翻起她的衣櫃，我想我和姐姐永遠都不知道。

關於電視劇的笑話起源是我們開始做棟篤笑的頭幾年，因為大家都沒有很多經驗，所以會有一些寫作練習，而那次的練習就是說一些關於律師的點子，我就想了這一個，如果你有留意我最初的段子，很多時候都將自己的點子放在自己或家人身上，當然最初的點子是假的，但因為關於自己，以至其他人不能反駁。

Winnie the Pooh

棟篤笑原文

我以前的女朋友很喜歡小熊維尼，有一天她跟我說：「阿添，你又肥又矮很像小熊維尼啊！」我是很憤怒的，因為我很討厭小熊維尼這套卡通片，你想想，一隻老虎、豬、熊可以一齊生活，但沒有一隻會死的，我看到有一集那隻老虎還搭着豬的肩膊說：「豬仔是我最好的朋友來的！」我經常認為最後一集應該是說：「豬扒才是我最好的朋友。」所以你估那隻熊真的喜歡吃蜜糖嗎？他是用來燒烤用的，有一天會叫那隻豬仔說：「過來吧，來塗上一點蜜糖吧！」豬仔：「為什麼要塗蜜糖呢？」維尼：「因為我喜歡吃叉燒。」最無稽的是作為一個男人老狗，他穿着露臍裝，又不穿褲子，而他的名字叫 Winnie，所以那一次我的前女朋友說：「阿添，你又肥又矮很像小熊維尼啊！」我就回她說：「你都好像 Hello Kitty，只不過多了一張嘴。」所以很快就分手了。

背後故事

小熊維尼是我第一個在棟篤笑俱樂部中演出的笑話，亦是最有初期特色的代表作，沒有之一，是最自豪的笑話，為什麼？因為這笑話跟其他笑話不同，一般棟篤笑表演者的笑話都是生活睇法、故事類，題材都是比較大人，可能有關日常生活、家人、工作、拍拖／單身生活，但我由前女友作為一個切入點，寫了一個專吐槽這卡通的笑話。

我發現每一個女士即使到她們長大了，都會有一個自己喜愛的卡通人物，覺得它們很可愛，甚至有女士會喜歡經常露下半身的蠟筆小新公仔，對着小新下半身的小笨象說：「真的很可愛啊。」其實想深一層對男人很不公平，你幻想一下，如果是一個男生喜歡下半身半裸的蠟筆小新，抱着它

說：「真的很可愛。」他應該在社交上會很有困難。

這個笑話起源是我在讀書期間有一個女朋友，而她真的喜歡小熊維尼，在她的枕頭旁也有一個公仔，其實當我對得多，都會覺得它有一點可愛，當年的我在女友面前也會陪她一起喜愛小熊維尼，令我在不知不覺間留意這位迪士尼人物。因為那個時候我剛剛開始想做棟篤笑，所以生活中草木皆兵，任何我覺得奇怪、有趣的東西都會記下來，小熊維尼正正就是一個充滿荒謬的角色，所以一開始的點子就是為什麼那熊跟豬與老虎可以一起生活？

還記得第一次在棟篤笑俱樂部演出，也是演出小熊維尼這一段，當時的女朋友亦在場，當時的我真是很不懂人情世故，認為第一次演出是很難得的，很想跟其他表演者們聊天，所以演出過後便跟女朋友說聲她可以先回家。現在細心想人家一個女孩子專程來我第一次在棟篤笑俱樂部的表演捧場，我竟然放低她自己一個回家，不知道她有什麼感覺，現在回想真是很失禮。

拋低女朋友後，我就跟表演者們聊天，其中一個表演者還建議我可以加上句「小熊維尼是男人，但是叫 Winnie 是很奇怪的。」這點真是很好，所以最後我就加上了。

可能我真的是不懂照顧人，很快就和那位女朋友結束了關係，在幾年後還知道她要結婚了。

馬來西亞 vs 香港廣東話

棟篤笑原文

我發現馬來西亞人，你們的廣東話都會說是看 TVB 跟 ViuTV 學的，但我發現你們的廣東話跟我們香港人是有很大分別的。今天我買東西吃的時候，那店員問我：「你想飲咩水？」我說：「最好乾淨的！還有什麼可以選擇？」後來才發現原來解釋是想飲什麼飲料，我心想，如果在香港你們會如何跟香港人吵架呢？馬來西亞人：「有沒有搞錯！」香港人：「你咩水呀？」馬來西亞人：「檸檬茶，唔該！」然後下雨，你們會叫「落水」，幾多錢？你們會叫「幾多『女』」，有點像人口販賣一樣，而最過分的是我有一次完了演出跟一個女生聊天，她說了一句：「我真的被你激死」，但你們不是這樣說的，她是說：「我真係俾你揸到！」我說：「不要冤枉我呀！」她說：「不是啊！真正解釋是被你氣死了！」為什麼你們有這個詞語呢？那你們怎樣報警？你報警的時候說：「我剛剛俾人揸到！」警察說：「朋友一向就是揸來揸去的啦！」

背後故事

這條影片是我寫書時最近期的一條影片，在我寫書的這一天，也好像破了我整個 Instagram 上最多觀看次數的一條影片，我完全沒有猜想到馬來西亞人對廣東話的敏感，有很多人分享，也因此多了很多馬來西亞人加了追蹤我，感謝大家。當然亦都有很多不喜歡這個笑話的人，我看到留言，有些朋友會覺得他們是認真魔人，但我也不會怪責他們，因為社交媒體就是這樣子，你試想一下當我沒有抱任何期待去滑動我的 Instagram，最起初不知道這個是一個棟篤笑，可能一開始就已經很認真去看待這個笑話，到後來聽到笑聲才知道是笑話的時候已經覺得是被取笑了，所以第一印象有可能令人覺得是取笑，而不是大家一起笑廣東話中的不同以及兩地差異的荒謬。這也是在社交媒體上棟篤笑表演者要面對的事。

講起這個笑話的起源，就是因為我從 2023 年開始世界巡迴，我在那一次巡迴時受到世界各地很多文化差異的衝擊，所以決定每一個地方都會為她創作一個笑話，特別是以香港人角度來看這地方的笑話，而因為以前已經有來過吉隆坡，在香港也認識到一些馬來西亞華人，大家都會知道我們之間的廣東話是有點不一樣，所以我就在網上找了很多馬來西亞廣東話跟香港不同的地方，而在那些不同中逐個逐個找，最終找到一個最特別的就是「揸到」（實質他們是說「炸到」），以及在抵達馬來西亞後，在茶餐廳真的有人問我想飲咩水，所以我就馬上記下來，在臨上台前寫了這個笑話。

在臨上台前為當地觀眾寫了個度身訂造的笑話

Chapter 3

你問我答

棟篤笑表演者在香港是一個很少有的職業，因為此身份，經常會被問到很多問題，所以我決定綜合這些年來不論是訪問或是朋友間會問到的問題，一次過答！

棟篤笑需要天份嗎？

如果我負責答棟篤笑需不需要天份這個問題，無論答案是什麼，我都會認為自己是一個很自大的人，因為我不能代表棟篤笑，我還沒有這個資格，在書中的所有東西都只是從我個人角度去看這個世界，也是分享自己的故事。但如果終究要我答這個問題，我相信棟篤笑是需要天份的，那種天份並不是說天生就已經很懂怎樣創作及演繹笑話，而是個人有沒有對喜劇的一份執着，會不會喜歡鑽研一些別人可能覺得很無聊的點子？

如果你有這樣的興趣，就已經是很有天份了，這幾年間我見過大部份人可能去過幾次 Open Mic 後，覺得自己已經嘗試了棟篤笑，然後就沒有再來。但如果你是真正執着喜劇的人，總會覺得自己的段子可以再調整，直至自己認為最滿意為止，這種鑽研的興趣就是天份。另一樣必要的是幽默感，幽默感是不能教導的，是一個感覺，就是看到一件事，你會覺得它有幽默的一面，而這種感覺是沒有一個程式可以令人清楚知道，但幽默感是可以訓練的，這也是關於創作的習慣。

如果講創作的方程式，我相信其他書會有很多，要認真地說棟篤笑每一個創作的步驟，你一定會覺得很苦悶，所以只留在課程中真的有興趣學習棟篤笑時才分享吧！那我就分享一些棟篤笑創作步驟以外我的一些小習慣。那棟篤笑的創作過程中我會有什麼步驟呢？作為一個創作人，我經常覺得創作是無邊界，創作是無限的，我的創作過程並不是一個人人都適合的，有些人屬於靈感派，他們有源源不絕的靈感衝到他的腦中，對每種事情總會有一些獨到的見解，然後找到荒謬的地方。但我經常認為靈感是靠不住的，反而創作是好像健身一樣，一天沒有跟着自己訓練的習慣，自然就會退步，所以即使沒有靈感或沒有看到新鮮的事物，也要迫自己不停的創作，這個過程不是為了可以找到好的點子，而是要不停訓練自己的肌肉——幽默的肌肉。

沒錯，如果你綜合到上面那一段，知道我是一個只靠強迫而令自己創作的人，就好像我寫書的當下，正計劃在五個月後開始巡迴表演，第一站就是愛丁堡，而且一開就是六場，可是我現在只有大約 10 分鐘的新段子，我就是要靠這些壓力令自己每天不停要創作，如果我只任由自己有靈感時才創作，可能我需要四年才會創作到一個個人棟篤笑的演出。

香港的 Open Mic 並不是很多，每次 Open Mic 前我都一定會做足準備，一定要迫自己創造新的段子。

好了，我經常說迫自己去創作，那難道是好嗎？可能你會想有機會越強迫就會越討厭，然後就越沒有靈感，所以強迫一定要令自己心情先好，有時候要探索一些新事情，去一些新的地方，可否在下班後改變一下平常走的路線？走另一條路？或是平常是坐地鐵下班的，可不可以轉乘巴士？然後在途中就不停的想着自己的段子怎樣可以說得更好。

我又有一個秘密的絕招，就是家中的浴室，每次洗澡都是我最放鬆的時候，有時段子就是突然在這放鬆的情況下飛進來我的腦中，只要我腦中不停想着要怎樣調整段子或是想從哪些方向去創作新的點子，再放鬆的時間就會突然有靈感飛進來。所以在剛剛開始棟篤笑生涯的時候，我身旁永遠都有一本簿，方便我隨時寫下東西。最初的時候我連睡覺也會放本簿在床的附近，在快要睡覺時突然想到一些東西就會寫下來，也試過第二天起來的時候完全看不懂我寫了什麼，但起碼寫了下來，未來再慢慢想想。現在就方便得多，我只需帶一部手機在身旁，然後用筆記簿的應用程式記下來。

2024 年香港爆笑節麥花臣場館圓滿結束

創作喜劇都是內向的人？

不知道是不是香港的喜劇演員及棟篤笑表演者都是比較內向，例如在香港一講棟篤笑一定想起黃子華，他是一個哲學家，很着重思考，或者在外國，占基利是曾經有抑鬱症，大家會想像到他是一個很內向及經常思考的人，所以很多人問這個問題，認為創作喜劇一定是絞盡腦汁，費盡心思，經過很多時間才能磨練出來，以至一般人都會想像喜劇演員很擅長思考，甚至乎認為戲劇演員多是比較抑鬱。

其實棟篤笑表演者有很多種，不一定每個人都是內向或者喜愛思考，很多時候的確我們會用很多心思來想一個笑話，令自己更為滿意，但有時候靈感一到，就好像不費吹灰之力便馬上寫到一個段子，所以說每一個喜劇演員都是絞盡腦汁喜歡思考也不一定，外向的人也可以有很好笑的表演。

但可以說大部份人都是喜歡鑽研一些細節，那些細節可以是非常無聊，例如我最近無意中在 YouTube 看到一個推送影片，講述一隻海豚嬰兒是如何出生的，原來海豚嬰兒一出生，媽媽就會馬上游走，非常不負責任，我就很喜歡鑽研這些小東西，然後就花了一個小時看不同動物出生的影片，再跟我們人類做比較。原來長頸鹿一出生就會仆街，牠在出生前是完全不知道牠的媽媽是那麼高大的，也沒有預計到。

這些都是我在日常生活中的觀察，本身是很無聊的事，但突然我就會很喜歡鑽研這些無聊事。總而言之，棟篤笑表演者很多時候都很喜歡一些點子，然後就是那些點子背後的細節，這樣的心思背後可能是喜歡獨處，但我不認為一定是內向，我有見過不少很煩很多嘴的棟篤笑表演者。BTW 一說到這裏很多人都會跟我說即使是 I（內向）人也會有多嘴的一

面，所以我是一個很討厭經常說 MBTI 的人，測驗是你自己做的，出來的結果肯定有一部份是自己投射的樣子，我認為有些人過於依賴這些結果當作是自己真實的性格。

我發現一件事情，就是棟篤笑表演者，不肯定是每個人都會這樣，但我身邊的表演者總會有點奇怪，很多時候都會留意到一些一般人不會留意的事情，例如大家都會說某些食物不好吃，我有個朋友就總會點那些食物試一試有多難吃。

又有個朋友他很喜歡棟篤笑，喜歡在台上跟觀眾聊天，還非常爆笑，但就總不喜歡在任何媒體上出現，甚至不喜歡這個世界上的一樣東西——工作，他認為工作是洗腦的東西，所以在他大學畢業後從來沒有全職工作，只會間中做一些兼職，現在還在日本生活。這樣看似很奇怪，但他就是我見過在演出中做得最好的一個主持，Daniel。

另一位朋友她是一個十分悲觀的人，每一次演出她總會覺得自己會做得不好，覺得自己不配有這個機會，但她在台上是一個很穩定的表演者。記得有一次她跟我說做過一個很

好的表演，就是在一個大舞台上她不小心跌倒，整個劇場的觀眾也看到，但她也要硬着頭皮走上咪高峰前，可能因為腎上腺素影響的關係，她一走上台，就說不要在社交媒體寫她跌倒這件事，然後她整場演出都非常精彩，她就是 Matina。

而我當然同樣亦有一點奇怪，很多時我在說話的時候，其實我腦中正在想着其他東西，所以如果跟我談話，你可能經常會覺得我正在遊花園，不停要旁人提醒才能進入正題；又不知道是不是受社交媒體影響，我的專注力是非常之低，有時候因為一個觀眾的某一些動作，我就會突然專注在那個觀眾身上，跟他互動，然後就脫稿了，還要問觀眾我剛才說了什麼。

在中環大館演出

我如何看移民潮？

在巡迴期間，特別在英國三個站之後回香港，感慨良多，因為真的看到很多香港人決定在那邊生活。有一次在演出後有一位觀眾還跟我說他一定不會再回香港了，我沒有追問原因，只是一直以來在網絡上看到很多相關消息，也不及自己親身經歷及感受。

在那次旅程後，我嘗試感受一下，如果我決定要移民，那一程機就是放棄香港所有東西去到一個全新的地方了，問心我真的會很不習慣。如果你問我有沒有想過移民，在那些救生艇推出後，我當然有想過，但在香港真的太習慣了，不論在晚上隨意在街上找東西吃，在外與伴侶用餐也是很便宜；在香港，基本上我只需用交通工具，根本沒有想過要有一架車，但在外地沒有車就等於沒有生活；還有稅制，我這種自僱人士在香港相比在外國稅收真的少很多，我在英國也聽到很多故事，例如專業人士譬如醫生，他們想移民，都會留丈夫在香港，其他家庭成員在英國生活，而那個丈夫就是一個太空人一樣，每個月往返香港和英國，因為在香港做醫生的收入，可能是英國的兩倍至四倍。

當然外國亦有他們的好處，我不說什麼自由民主那些東西，即使是環境，我在英國及澳洲也感受到那邊作為一個藍領，譬如做一個侍應，他們都可以很有自信，只要自己是專業就可以了，他們看到我用餐食得開心，他們也很滿足，在香港根本很難遇到，在外國會感受到職業真的無分貴賤，種種不同令我覺得決定移民都需要很大的勇氣，希望他們都能夠堅持。

我曾經說過，我不會移民，因為我覺得自己的身份是香港棟篤笑表演者，很想用自己的生活作為題材，而香港正正就是我由細到大成長的地方，但說真的，看到救生艇計劃的推出真是很吸引，好像只要在外地留幾年就能夠有一個當地人的身份。在我第一年世界巡迴的時候，我也有一個想法就是順便看看哪一個地方適合自己居住，即使是退休後才居住，也想先看看，但去完這麼多個城市後，總覺得每個地方都有她好跟不好的地方，沒有一個地方能夠無縫接軌到香港生活的節奏、生活模式及社會氣氛。

香港就是一個充滿壓力的城市，不論是生活節奏，社會氣氛，人與人之間的關係，生活指數，都可以令人喘不過

氣來，但如果你想找一個壓力沒有那麼大的城市，作為一個香港人很容易就會覺得很苦悶，就好像我第二個家一樣的墨爾本。由於每次過去都會逗留一整個月，因此很多地方已經很熟悉，那裏最吸引的是吃什麼都很好，那邊的食材是無敵的，但如果我不是參加墨爾本喜劇節，我習慣了香港快速的生活節奏及便利，我可能會覺得假日很悶，每去一個地方都要自己駕駛。

又或者去到洛杉磯，那些地方給人民很多自由空間，也是一個發達的城市，但是我從未見過在街上會有那麼多流浪漢，而且還不乏看到很多吸了毒的人在街上流連。有時候在外地即使表面上賺了錢，其實稅收是很高的，對比其他城市香港就是稅低的地方，所以每個地方都總有它好與不好的地方。雖然現在就是最黃金的時候，香港人可以有很多選擇，問題是自己的價值觀配合哪個地方是最好？這個問題沒有標準答案，只可以真心問自己。

幽默感很重要嗎？

很多人都覺得幽默感很重要，好像經常看到媒體報道十大擇偶條件，幽默感必然是最多人選擇的頭幾項，大家都認為幽默感很重要，特別在伴侶的關係之中。

我個人認為幽默感對我的生活是重要，有點像煮飯落鹽，鹽本身沒有什麼突出的味道，只有鹹味，其實也不是必須，但落一點就可以令其他味道更突出，有些人總會覺得鹽是很邪惡的，最好是不要落鹽，但其實適當的鹽分對身體也重要，Google 一下就知道，太少鹽會令人有低血壓、手腳冰冷等情況。在整碟菜中加太多鹽會覺得味道太鹹，太少又會跟沒有落沒有大分別。

我個人覺得幽默感絕對不能解決生活中的問題，但可以有一個角度令你覺得鬆一口氣，也提供一個視覺令你知道看事情可以有不同的觀點。就好像我很喜歡的一個棟篤笑表演者 Louis CK 曾經講過一個關於「窮」的笑話，他說窮到變成負資產，他的身家是負數，即是免費的東西他也沒有資格用了，即使是派傳單，他也說他不能拿。這個絕對是很聰明的笑話，

亦很有幽默感，但你看到他完全沒有解決窮的問題，只是用另一個角度去紓解自己窮的事實，完了這個笑話後他仍然要面對這個問題，這就是幽默感的有用處及無用之處，那種有用就是令心靈健康一點。

在情侶之間運用幽默感是必然的，就好像我，經常會不自覺地令蘇格蘭公主憤怒。給你一個例子，我經常忘記關掉熱水爐，而她也經常提示我，提到一個地步到有一天，說因為我電費才那麼貴，也氣沖沖的走到房裏。為了安慰她，我就在白紙中畫了一個公仔，畫了她憤怒的模樣，寫了「Switch off gas button」，每次洗澡後都看到這張紙來提醒我自己，而那句她的說話框裏的「People think I'm beautiful, I think because of my straight hair」，因為在那段時間，她經常不滿自己電髮的模樣，又說朋友們認為她直髮比較好看，她說得太多遍後，也形成我可以在這次玩的句子。

因經常忘記熄爐而貼在家中提醒自己的告示

另一個故事就是當我在 2021 年，第一次做大型舞台的棟篤笑，由於我個人非常緊張，雖然已經在之前不同的演出中驗證過笑話，但很怕自己不能背熟，也很怕跟平時演出的狀態不一樣。當我將這些憂慮告訴蘇格蘭公主時，她就告訴我一定要先預演，背熟自己的稿，所以有一次她將自己所有的毛公仔包括 Hello Kitty、麵包超人跟一隻狗仔拿出來，她就抱住其中一隻 Hello Kitty，坐在沙發上，遞給我一把梳扮作咪高峰。這是由於她跟我說過在小時候會拿着梳在浴室內唱歌，因此她覺得很適合用來做咪高峰，然後跟我說：「我帶了所有家中的朋友一起來支持你，看你預演的演出，要加油呀！」那時真是感動又好笑，這是真人真事，我真的在這個搞笑的場景下認真地說了一遍我整個演出的段子，也真實地幫助我記住了稿，這些幽默感成了開心的生活點滴。

我還記得在那次演出前一天是很大壓力，因為第一次在那麼大的場地表演，我並不擔心笑話夠不夠好笑，反而擔心會不會得罪人，令我質疑其實我的棟篤笑內容會不會有問題。我不是一個經常會說敏感笑話的人，但也會憂慮有一些事情會不會對某些人來說是敏感，而不能夠說呢？一想到這裏全身也開始緊張起來。

亦因為那次個人棟篤笑有五百多位觀眾，門票是不設劃位，但整個星期也忙碌着設定位置給嘉賓及家人，以至整個人都很大壓力，很頭痛，好像有很多事還沒有做，就在那時，蘇格蘭公主突然拿出這張親手畫的圖畫給我，而畫中就是之前在預演時她與她的毛公仔坐在沙發上的模樣，那是我和蘇格蘭公主拍拖以來印象中感動到快要哭的第一次。

2021 年個人棟篤笑前蘇格蘭公主所畫的圖畫

在認識蘇格蘭公主後的第二次個人棟篤笑，在更加大的場地——灣仔修頓場館演出，她又知道我一定會很大壓力，在演出前的一晚不能睡覺，已經成為我做個人棟篤笑的習慣了。於是她又在我演出之前一天，畫了一幅圖給我，就是這一幅：

第二次棟篤笑前蘇格蘭公主所畫的圖畫，慶祝周年紀念。

你看畫功是不是進步了很多，顏色又實淨，公仔又可愛，讓我來解釋一下這是什麼？一來我們在演出前其實是我們的拍拖周年紀念，所以下面寫了 Happy Anniversary ，另外因為在 2013 年我第一次做世界巡迴時，就帶了蘇格蘭公主走了很多地方，所以我拿着一支咪也拖着她的手，而她拖着的是一粒白色士多啤梨，因為上個月我們去了大阪旅行，旅途中我倆都深深喜愛吃淡雪士多啤梨，也覺得它的樣貌很可愛；在那次旅行中還去了一個迷你豬 cafe，她也覺得很可愛，所以就將她最愛的東西放在同一張圖內，是不是很純真呢？

2024 年灣仔修頓個人棟篤笑

表演者只是專注表演嗎？

相信如果早幾年問香港人棟篤笑是什麼？大部份朋友都應該只會答黃子華，或是其他明星做過的棟篤笑，所以在大部份人心目中，棟篤笑就是在一些大型場地，好像伊館、紅館、或者最少都在社區會堂與大會堂那些地方做演出，沒有人想像到會弄一個棟篤笑俱樂部的規模，即是 50 至 150 人內的觀眾人數。棟篤笑基本上要找一個很合適的大型場地，要有適合的台燈聲，即是對舞台、燈光、音響都有一定的要求，特別是燈光及音響。

在開始找地方做棟篤笑那段期間，我們爆笑館的成員走遍港九新界，亦試過在不同地方與餐廳或酒吧合作做棟篤笑，才明白台燈聲的重要，例如燈光，我們不是需要有很多變化的燈光，但是絕非一支聚光燈就能演出，有時候一些燈光的感覺太正經，令人不想開懷大笑，有時就像在商場一樣，令觀眾不能集中在舞台上。

我們就是試過很多不同的音響及燈光，同一個笑話，可以一次是很爆笑，另一次是完全安靜，這些都是我們跌跌撞

撞學習到的，所以最後我們決定自己購買舞台燈光及音響，即使去到不同的地方，那些地方沒有合我們要求的台燈聲，也可以自己搬運過去。

由 2015 年至 2019 年期間，我們都是在灣仔茂蘿街 7 號演出，他們那裏沒有適合的台燈聲，所以我們每次都要提早到 Vivek 家中的雜物房，搬出頗重的表演器材，然後用小型貨車送到場地，再由我們表演者重新安置那些器材，然後在表演完後又要收拾，再用小型貨車運回 Vivek 的家中，最後才吃晚飯。所以一個半小時的演出，我們需要提早在早上準備，然後晚上 11 點才可以吃晚飯。

作為表演者的我們，絕對不只是表演者，還是個懂得音響燈光的半專業人士，也是一個搬運工人，可能這些就是我們熱愛表演的熱誠。最感恩的是每次表演者都會互相幫忙，不會介意為演出而付出。而懂得如何接駁音響也幫到我不少，因為很多時我會在外面接到一些商業演出，他們的台燈聲一有問題，我就知道應該怎樣調整，也因為這些機會，我會更了解怎樣的場地才適合做棟篤笑的演出。

在 2022 年我們終於搬到中環的共享辦公室，整個程序就方便很多，只需我一個人從小小共享辦公室的房間搬所有器材出來安置就可以了。所以只有我需要做搬運工人，在演出過後大家都很幫忙搬回辦公室。

除了台燈聲，還有負責點名入場、錄影等等的工作都需要表演者幫手。久而久之在現場幫忙的棟篤笑表演者已成為香港爆笑館文化的一部份，亦給大家知道在表演場上我們看似輕鬆，背後其實付出很多。

在中環海濱活動空間演出

難忘的演出是哪一次？

人性就是這樣，最好的那一場永遠不是最難忘，反而最有問題的就是最難忘。之前說過棟篤笑在香港除了黃子華之外，是沒有人可以參考的，所以我們一開始真的碰過很多釘，而其中最難忘的就是碰釘的場次。因為碰到那些釘，我們才開始在演出之中定一些規則，讓我告訴你有什麼碰釘的演出吧。

在 2012 年時，我們的團體原本叫 Viveknfriends，很明顯這個名字就是 Vivek 跟一些沒有名氣的朋友一起演出，當年我們自立門戶，在尖沙咀一間現在已經消失、叫 Fat Angelo's 的餐廳內的一間房，大約能容納 100 人的場地演出，當時我們認為要建立棟篤笑文化，好想一般人除了行街、看電影、食飯外還會看棟篤笑，成為生活的文化，所以我們與餐廳合作，每個星期四晚會有演出，而場地本身有自己的音響、燈光及舞台，我們自然就用他們的。

直到有一次當我演出的時候，那個混音器突然走錯頻道，音響播放了隔離卡拉 OK 的聲音，不是那首歌的音樂聲，

而是正在唱歌的那個人，所以在我們房間裏，聽到的是頗為難聽的歌聲。我們表演者在混音器那邊努力接駁回我無線咪的聲音，大約 30 秒後就聽到我的聲音，那時候我只有兩年做棟篤笑的經驗，故硬着頭皮說：「對啊！我就是喜歡一邊說笑話，突然有 feel 就唱歌。」由那一次開始，我們決定演出一定要用有線咪，你在現場看過我們的演出就會發現必定沒有無線咪。

第二個難忘的演出，是很近期的，就是我在灣仔修頓場館做個人棟篤笑時，中間突然聽到警報聲，那聲音大到我要暫停演出，後來才發現有人開了後門，我就說：「是不是有人來偷聽？賤人！」然後很快大約 1 分鐘就沒有警報聲了，而最奇怪的是沒有一個觀眾認為真的可能有火警，大家都只坐着繼續看演出。

灣仔修頓場館個人棟篤笑

第三個難忘的演出，同樣都是在 Fat Angelo's 裏發生，整場演出中，我們都看到有一枱其中一位男生是不開心的，但他的朋友都很快樂的笑，完場時我們走過去問他為什麼不開心？原來是因為那些笑他的朋友是受到那男生的女朋友所托，叫他們幫忙看着她的男朋友，在女朋友公幹的時候不要讓他周圍走，所以才帶他來看棟篤笑。我們聽到這個故事後都很驚訝，即使是這個男生之前可能偷食過，也不會叫朋友來看管着他，而那些朋友又會願意聽她說，這是我聽過最繁忙的觀眾。

在 Fat Angelo's 留下許多難忘的演出回憶

第四個最難忘的演出，亦是在 Fat Angelo's，有一次一大班銀行員工來看演出，當中有一位女上司，大家都很給她面子，但最討厭的是他們會在表演中途碰杯，是很騷擾其他觀眾的，期間我們主持亦有跟這班銀行員工互動，主持問女上司很一般的問題，問她是哪一間公司，但她完全拒絕回答，裝作看不到，直至主持介紹另一個表演者上台後，他們其中一個員工走過來主持身邊，警告他不要問上司問題。在完場後我聽到這個故事，真的不想這樣想，但女上司就是很難搞，很不受歡迎，我看到他們的員工其實都很難受。跟前一個星期相比，剛好有另外一間銀行的職員也是前來慶祝，而那個男上司是很玩得來，他的氣場根本就好像跟主持說「來，一起玩吧」，只要他跟員工一起開心就夠，令我感到非常強烈的對比。

我是全職棟篤笑表演者嗎？

「斜槓一族」，我相信這個詞語在這幾年並不陌生，還知道有很多大學生都決定自己將來要做一個斜槓青年，當然斜槓族有很多不同的定義，可以是不停地打散工，而對我來說「斜槓一族」就是一個自僱人士，這個想法其實由我開始做棟篤笑表演者時已經有，特別是認識到 Vivek 這個朋友後啟發到我，因為他也是一個網頁設計師以及棟篤笑表演者兩樣一起兼顧的自僱人士，那時候還沒有「斜槓一族」這個詞語，但對我來說已經很新鮮以及很吸引，可以自己管理時間去做自己喜愛的棟篤笑，所以我一直沒有放棄做應用程式員，最大一個原因就是我知道有機會可以作為自僱人士，同時兼顧 IT 及棟篤笑兩份職業。

而令到我下定決心要做一個斜槓族的最大一個契機，是因為有一天我還是一名打工仔，突然收到一個訊息，他說他是幫一艘最大型的郵輪做中間人，想找一個棟篤笑表演者，明天就要上船，然後到三亞再坐飛機回香港。他知道我能夠做中文表演，所以想找我到船上表演，而因為明天就要上船，我當下在辦公室的老闆不在座位，所以我跟那中間人

說，我要先問一問我的老闆可不可以給我明天請假，愚蠢的我當時沒有想到可以請病假（當然我不建議大家這樣做）。

但當我等到老闆回辦公室，我問他可不可以明天去做一個郵輪的演出，他答應我可以後，我再回覆那個中間人，但那個演出已經不需要我了，原因是那些演出其實不需要一定是棟篤笑表演，他們只需要有一些表演在台上出現，可以是音樂，可以是魔術，他們根本沒有所謂，所以如果當下第一次接通電話我沒有答應去做的話，基本上他必定會找另外一個人。

就在那一次我知道我因為打工而喪失了一些在外演出的機會後，我就把心一橫決定要辭職做一個自僱人士、斜槓青年，可以一邊靠寫程式維生，一邊在晚上接一些商業演出。在幾個月後我就辭職了，那年是 2016 年，我開始兩邊一齊走，一方面建立自己做應用程式編寫員的自由工作，有時候晚上就可以接到一些司儀或棟篤笑演出，但兩邊其實都只是半桶水，兩邊都是由零開始。

我就像一個人要建立兩間公司，日間在外面找一些朋友或

同行，問他們當接到一些工作可不可以合作一起做應用程式，而晚上就要開始建立自己棟篤笑的履歷，再到處發出電郵。我都是由一些慈善團體開始，一開始即使是免費都可以寫些經驗在我的履歷內，也讓我知道不同活動的流程。

直至 2018 年，因為前一年我開始上載一些棟篤笑片段到臉書專頁，吸引不少人觀看，令我更決心走全職棟篤笑表演者的路線，但是現在我真的是全職的棟篤笑表演者嗎？我會說我都只是一個斜槓一族，因為大部份時間仍然要處理一些行政事務、票務活動、宣傳，作為場地舞台、音響及燈光的負責人，與客戶傾談、舉辦課程等，現實中能夠做創作的時間少之又少，可能只是在 Open Mic 前的一段時間，特別在外地演出的時候，更是沒有其他表演者能夠幫忙，只能夠用我還是很差勁的英文與當地人溝通。

經常有人問興趣可不可以當職業，絕對可以，但不要只想做一些自己喜歡的事情，過程中必定伴隨其他需要用到心力的工作，如果一心只做喜歡的事，我建議打工找一個合適的崗位就是最好，當然打工亦沒有像我一樣的自由度，這就是每個人的選擇。

跟觀眾的距離可以如此近

我怎樣看待黃子華？

當身邊的朋友知道我真的認真做棟篤笑，或已經欣賞過我的棟篤笑的觀眾，在演出完結後聊天，我每每都經常被問到，怎樣看待黃子華？我很明白朋友或觀眾們為什麼會對這個話題有興趣，因為他認為我是棟篤笑表演者，當然很想知道我是怎樣看待前輩。

我真的很喜歡黃子華，最初對棟篤笑的認識也是從他開始，如果不是黃子華帶了廣東話棟篤笑這門藝術來到香港，我不會知道有棟篤笑這回事，更不會欣賞外國的表演。老實說，棟篤笑表演者外國有很多我都是非常喜歡，有題材及性格很大膽而誠實的 Bill Burr，有感染力超強的 Dave Chappelle，有利用整個舞台設計作為他笑話的一部份的 Bo Burnham，但是由開始接觸這門藝術至今依然沒變，黃子華永遠是影響我最深的一個表演者。在我心目中，黃子華有點像 Michael Jordan 一樣，只有一個，不論在之後有多少人能超越他，但黃子華就是只有一個，在那個時代根本沒有那麼多棟篤笑可以參考，而做到今時今日這個地步，這個地位永遠是不能取代。

在推動本港棟篤笑文化方面，亦是我最欣賞他的一面，因為他不是只將外國的東西 copy 到香港，而是將它在地化，一般你在外國看到的棟篤笑最多都是一個半小時，但是黃子華將它變成兩至三小時的演出，但他不是將笑話延長，而是創立了一套獨有的模式，就像他會在他的棟篤笑中放入一些大眾有共鳴的哲學，題材也是十分切合香港人身處的環境，他能夠做到回水、除褲在幾十至幾百萬人中都知道的 inside joke，已經是一個創舉。

寫作手法方面，以我這麼熱愛笑話的人來說，外國的真是五花八門，想找什麼形式的都有，但黃子華有一些笑話我是非常喜歡，就像諷刺香港人忽然認為自己是股票專家，然後會亂說一通那一段，以及澳門賭場裏的荷官像鬼上身一樣那一段，我都是非常欣賞，亦甚少在外國看見類似的段子。我喜愛那段字的程度就是在疫情期間因為有很多空閒時間，所以會分析他的段子，然後拍成 YouTube 短片。

那他對我的影響是什麼？如果你在我的棟篤笑中認為有時候很貼地，有時候很能貼近觀眾那時候的狀態，特別是在現場互動時那種近距離的感覺（這樣讚自己真的很尷尬），

那些都是從黃子華身上學到的。雖然他經常像一個大師一樣教導大家說話的口吻，但如果你看清楚內容，你會感受到他很貼近觀眾的想法，他沒有很強烈的意見，但他總有陪伴大家的感覺。

特別是他很多時候都會用到自嘲的成份，令自己跟觀眾的距離更近。就是因為這樣的影響，我經常認為最好的棟篤笑是很像一班朋友出來，突然我很有熱情的跟大家分享一些東西，碰巧那東西是非常爆笑，我就是想營造一個最貼近觀眾的感覺。其實這樣是很難的，如果你嘗試做棟篤笑或到 Open Mic 試一試就明白，你很可能會問自己一個問題，原本的你可能在日常生活中是蠻有幽默感的，也能令朋友們發笑，但為什麼上台之後就不能令觀眾笑呢？

因為當開始上台的時候，就跟你最原本的性格距離十萬八千里，我們做棟篤笑的，就是為了尋找最真實的自己，勇敢地在台上發放出來，這可能需要十年或更久的時間才能找到的一種自在。

渣打馬拉松打氣演出

我有廣東話情意結？

雖然我的英文水平到現在都是一般般，但當我開始了英文棟篤笑後，基本上在香港我是最主力的成員。蘇格蘭公主經常告訴我，如果要面向世界，一定要做好英文棟篤笑，因為英文的世界發達很多，例如如果想在 Netflix 有一個棟篤笑特輯上架，基本上在香港是沒有機會，因為在香港是沒有分支，在生意角度上應該也覺得廣東話棟篤笑太狹窄了，所以現在在 Netflix 都只有少數一兩個廣東話的棟篤笑。

我曾演出不少英文棟篤笑

蘇格蘭公主有時會鼓勵我將大部份時間放在英文比廣東話更有效，因為英語的觀眾對一個有港式口音的表演更感興趣，在表演時亦容易很多，而的確我在英文那邊的發揮機會是大很多，亦曾經有機會到外國電視台或喜劇節做節目，可惜埋門一腳不成事，但看到機會是有的。更何況英語的觀眾已經熟悉了棟篤笑的文化，而中文還在建立中，不過在我心目中對於廣東話是有些想法的。

廣東話是香港人的母語，由小到大我這一代人都應該沒有質疑過，即使我小學的時候有普通話堂，但也不會影響自己的生活，只是在那一堂需要學普通話，當然英文也是一樣，我相信很多讀英文中學的朋友，他們私下的生活也必定是說廣東話。之前經常討論的普通話教中文，我在心裏也不覺得會影響到廣東話的日常生活，然而由於我是棟篤笑表演者的身份，所以很受學校歡迎，學校會找我教授他們建立幽默感，所以我經常會在校園裏舉辦課程或分享。

特別在 2024 年，在疫情過後亦忙完世界巡迴後，開始有更多機會到學校做分享。可能我之前比較少到新界那邊的學校做分享，我開始發覺原來越來越多學生在學校及日常生活

中，已不是用廣東話作為主要語言，即使父母是講廣東話，由於在學校裏有部份同學是講普通話比較方便，他們都會說一兩句作為溝通，亦不乏看到全程要說普通話的同學，當然現在他們在校園仍會學習廣東話，但現在普通話是不是已經取代了廣東話呢？在我的觀察來說暫時也不是，但似乎已經不是必然要熟悉廣東話了。

我不時會到學校做分享

即使棟篤笑的世界，也開始看見表演者們會表演及製作普通話的演出。

我知道我身邊的人都沒有這個擔心，可能我天生就是一個經常會擔心及沒有安全感的人，我總是擔心 10 年或 20 年後香港人的日常生活不會再用廣東話作為主要語言。

而我即使做世界巡迴也要用廣東話的最主要原因其實是自私的想法，香港文化的事我不是做得很多，用廣東話做表演，是希望用我小小的力量，由現在開始，起碼令到我棟篤笑的演出仍然有廣東話的觀眾，甚至建立廣東話棟篤笑的圈子。到有一天即使廣東話已經少了人說甚至慢慢地消失，我可以在世界各地找到屬於自己廣東話棟篤笑的圈子，這是為什麼我放在廣東話棟篤笑的時間比英文或國語更多的原因。

這個年代還談夢想嗎？

追夢已經是很老土的詞語，這幾年甚至已經成為令人反感的詞語，好像我小時候會聽過魚翅撈飯這個詞語一樣，說香港遍地黃金，大家都要「搵錢」，只要努力就賺到錢，而賺到錢就是那個時代成功的指標，所以那個時代很流行大哥大、傳呼機，或者我從我爸爸的口中也聽到過去一些公司會為了所謂門面的東西，會購入很多名牌私家車，而且會僱用一些司機，不同部門會分配不同的車給不同的員工，令客戶見到覺得很有派頭。

但你再看看近這 10 年的文化，好像喬布斯、朱克伯格這些人都穿得很簡單，甚至一整個星期都只穿同一個款式的衫，我不知道是不是這年代的形象設計已經不同，總之有一些想法，總會到某個時候會被人覺得老土，去到我的年代，我也不清楚是不是電影跟電視劇的影響，經常都傳播一個訊息就是我們應該要找自己喜歡做的事，我們每個人都有選擇，應該追尋自己的理想，而我的夢想就是成為一個專業的棟篤笑表演者。

現在這個年代追夢已經是十分老土，大家可能只會覺得是用來欺騙受眾，只是想建立大眾覺得你是追夢者的形象。

對我來說有一個夢已經很難得，知道自己想要成為什麼，不是每個人都會有這個想法，可能有人窮一生也沒有自己的一個夢想，當然，沒有夢想並沒有問題，給你一個例子，我有一個朋友，在大學的時候已經跟他的中學同學拍拖，一出來就找到一份穩定的工作，再過幾年他還結婚，生小朋友，三口子到現在這個年紀，他的小朋友已經是小學生了，可以說他沒有很大的野心，但他的生活是很開心的，他亦對自己的生活無悔無憾，難道這也不是人生所追求的呢？

他有一個興趣，就是唱歌，他唱歌還拿到獎項，但他明白唱歌不是他的事業，你試幻想一下，如果他多了一個夢想，就是作為一個香港歌手，為了它可以放棄他現在的生活嗎？如果真的追夢，可能他因為要用錢在他的夢想中，不能那麼早結婚，也不能在最有精神的年紀生小朋友，教導下一代，也要分配時間練習跟宣傳自己，甚至可能犧牲了女朋友，不能結婚，那時候的他，可能只剩下夢想這一件事了，你又覺得值得嗎？所以沒有夢想根本不是一個問題，亦不等

於人生不開心。

但如果有夢想，絕對是非常難得，追尋夢想亦要面對很多問題，其中最大一樣就是別人的眼光。我開始演出棟篤笑時，根本不敢說自己是一個棟篤笑表演者，因為我最怕的是別人覺得我根本沒有資格，然後粉碎我當時很脆弱很細小的夢想。

而令我有動力的除了是對棟篤笑的興趣外，就是我書中之前所說，人生就如一本書，當我現在看回 10 年前的自己，看到自己有進步，看到自己仍然堅持着，就越來越愛自己這一本書了。

2024 年香港爆笑節麥花臣場館

如果笑話失敗怎麼辦？

這個問題經常有人問，特別是我的學生，如果笑話在台上失敗怎麼辦？其實如果試過棟篤笑的人都必定會有失敗的經驗，我相信沒有一個人是從來沒有失敗過而又能成為棟篤笑表演者。

一個笑話失敗其實有很多原因，可能涉及到現場的表演，可能有關音響器材及燈光不適合現場演出，有時候就是觀眾的背景以及現場的氣氛，甚至乎你表演前的上一個人說了什麼的笑話都可能有影響。例如在英文演出中，有一個人專講關於種族的笑話，而且他的身份可能是外國人，例如印度人，而下一位又是一位印度人，如果他又講同一樣題目的笑話，觀眾就覺得沒有驚喜了。所以現場的所有細節都可以是影響笑話成功與否的關鍵，又例如我在觀眾中講關於時下年青人會去觀塘海濱玩樂的笑話，而現場觀眾可能大約是 30 歲以上，他們只可以用看新聞的角度來看這事情，笑話呈現的觀點也要不同。

但是即使同一個笑話，同一個演出陣容，同一組音響器

材及燈光，同一個場地都可以有不同的反應，感覺就像買六合彩一樣，波的大細都是一樣，重量是一樣，總數也是 49 個，而且攪珠機也是同一部，但結果總是每一次都不同。當然棟篤笑沒有那麼隨機，但不同的氛圍，在哪個時刻講哪一個笑話，都是表演者一個重要的決定。有時候我們在台上準備了 10 分鐘的笑話，而且順序 ABCDE 已事先準備好，但可能在台上突然看到現場反應，有機會認為 F 的笑話更為適合，就要馬上切入到 F 這個笑話了。

說到笑話失敗，首先最重要是那一刻必須接受及知道自己是失敗，但不要失去自信，因為觀眾也不希望看到一個沒有自信而滿面擔心的表演者，所以可以做的有兩個方法，第一就是當作剛才講的不是笑話，然後繼續講自己的段子，其實別人是不會在意的。第二就是承認並讓觀眾知道剛才的笑話是失敗的，當然你可以有不同的表達方式，可以是感覺到奇怪，也可以是更誇張地表達剛才段子荒謬的論點，但第二個方法我建議不要經常用，如果失敗得太多次，而且自己也公開地承認了，觀眾會對整個演出失去信心。一個笑話失敗不是問題，但如果有多次連你自己都承認的失敗，就等於整個演出都是失敗。

最為重要的，有兩樣事情一定要做，第一就是每一次演出都需要錄影，不是為了放在社交媒體宣傳自己，而是每次都要回看自己的演出，分析自己的笑話為何失敗，是現場的問題？或是自己的笑話本身不夠好笑？又或是自己的表達方法不好？是不是需要加入或減少肢體語言？在文本上需要更改嗎？問這些問題最主要的目的是下次再面對這樣的情景時要怎樣進步。第二就是在不同的場地表演，作為一個棟篤笑表演者，當然知道在棟篤笑俱樂部那些舞台燈光及音響一定是最好的，但在不同的場地演出，特別是環境較差的表演場地，更能令表演者進步，可能是觀眾後面的酒吧很嘈吵，可能是進場的觀眾根本不是想來看演出，也可能是觀眾只有寥寥數個，但當去過這些場地後，除了能訓練自己的笑話要做得好外，更會學懂自身應該怎樣做去吸引觀眾的注意力。

不同的表演場地正考驗着表演者的實力

後記

來到最後一節了，你終於頂到這裏，可能你會對我很失望，因為我只說了自己的故事，你可能會認為跟你沒有關係，或者認為我是棟篤笑表演者，內容應該很搞笑。但正如書名一樣，雖然在這本書裏完全沒有好笑的事，但你或會從我的故事中找到跟你相似的地方，然後產生共鳴。不論是我的書或是台上的棟篤笑，大部份都是說我自己的故事，可能在我心中有一份自卑，就是覺得我沒有資格對這世界說東說西，而說自己的故事就不能被反駁了。

無論如何你都來到了這裏，應該都能頂到我最後想說的東西。談談我未來的計畫或者夢想，我現在已經 38 歲，不是太老但也已經不是可以亂衝亂撞的年紀了，更何況我正籌備結婚，我認為我真的長大了，不能夠口中只說夢想，然後就任性下去。有夢想都要腳踏實地，希望能令我和我的家庭一起好好繼續生活下去。

在演出到尾聲時向蘇格蘭公主求婚

不知道你又有沒有夢想？你現在是不是有家庭？還是你只是一個年輕人？如果有家庭的總會認為自己有很多負擔，根本不可以再講夢想；如果你是年輕人，有可能會覺得自己根本沒有社會經驗，還是在社會滾多幾年才可以講夢想。不論你是處於什麼狀態，都總會有原因令你不再追求和實現夢想，覺得夢想是不切實際的事情。

但現在我就跟大家說說我自己的夢想，希望未來可以實現，其實我的未婚妻蘇格蘭公主經常責備我，說我不要跟大家說太多目標，很多目標還沒有做就已經跟其他人說，其

他人就會抄你或者不成功的話就會很灰心。但我反過來認為我先跟大家說我自己的夢想，就好像令自己沒有退路，如果我不實現，就要面對其他人的目光，這反而令我決心更大一點。

好了，不說那麼多廢話，我有三個夢想，第一個就是在香港會有一個廣東話棟篤笑俱樂部，這是開始做棟篤笑以來一直在想的事情，但要每一天都有演出，而且在香港租金那麼高的地方，的確會有難度，所以我希望一步步做到。有很多棟篤笑表演者，他們的夢想可能是到大球場演出，或者是紅館，甚至是啟德場館這些地方，當然如果我可以做到我都會很滿足，但與其有 50,000 人進場看我一次演出，倒不如在 100 人的棟篤笑俱樂部做 500 場演出，這會令我更滿足，因為這是關乎文化。

我很想香港有很棒的棟篤笑表演者，有充滿香港特色的幽默，我們不是沒有可能，你看看香港曾經出了一個周星馳，也有黃子華，他們都是世界知名，亦充滿香港特色，我很希望有一個俱樂部可以成為棟篤笑表演者聚腳的老地方，一個最舒服的表演空間，可能最後達成的人不是我，可能是

其他比我更有能力的表演者，但我的心願是觀眾進來時不只是為了看哪一個明星，而是想在這裏享受一晚的歡樂，欣賞表演者的創意。

第二個夢想就是希望有一日可以集合已分散到世界各地的元老級表演者包括 Matina、Daniel 及 Vivek 跟我一起做一場演出，他們都是最初幾年一起戰戰兢兢在香港做演出的同伴，在 10 多年過去後我們都各自有了經驗，希望可以以我們心目中最強的組合重新再演出。我知道 Vivek 經常都很忙碌，Daniel 在日本也不知道要多久才會回來香港一次，而 Matina 舉家移民到美國，又是很久才會回香港一次，但我願意等待他們，一齊做一個最精彩的演出。一想到這裏，如果真的完成了這場演出，我應該會感動到流淚，因為我們是在同一個起點並肩出發，所有的事都是從零開始，各自努力到今時今日。

最後一個夢想就是但願我繼續有追求進步的心，希望我演出的內容成熟度更高，可以展現到真正香港棟篤笑表演者的精神，從一個個普普通通的香港人身上，用我自己的母語廣東話講述在這個我熱愛的地方發生的每一段故事，用我獨

有而幽默的角度帶給全世界，希望你也能見證我的成長。不論你是否身處香港，也總有機會一聚，我們現場再見。

2025 年香港新場地

Good Year 出版

本身有寫書的腦細希望為香港出版界帶來新的經營模式，鼓勵作者自由創作，同時確保他們能獲取應得的收入；並堅持僱用香港員工、在香港印刷，誓要成為真正的香港出版社。

goodyear_publisher

Good Year 出版

Good Year 出版網店

出版作品包括

俄的香港求生指南

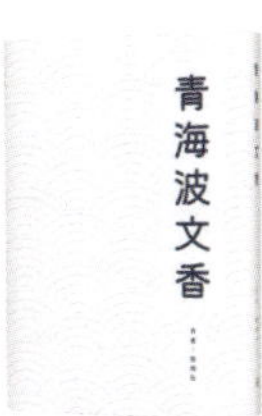
青海波文香

聽身心靈說話

犯罪鳥歌 2: 屍山血海

恐懼異聞錄

J Lou 林欣 —
似鬼妹嘅香港人成長誌

徐天佑—
療癒覺醒

如何活出燦爛人生

區明妙—
「日月少女」

比賽之形，人生之型：
劉慕裳

再一次，放浪地球

毛守救援—
用一生守護流浪毛孩

Zoe 生酮飽住瘦

衛城道 6 號

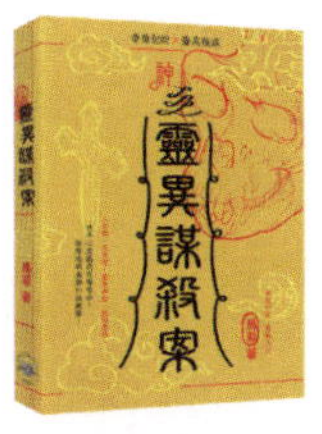
靈異謀殺案

韓國原來如此地獄？！
在地香港三寶媽的生存手記

作者： 陳樂添
出版人： 卓煒琳
編輯：Angie
美術設計： 李偉洋

出版： 好年華生活百貨有限公司
地址： 香港葵涌和宜合道 151-157 號勝利工業大廈 5 樓 A 座 14 室
查詢：gytradinggroup@gmail.com

發行： 一代匯集
地址： 香港旺角龍駒企業大廈 10 樓 B and D 室
查詢：27838102

國際書號： 978-988-70842-8-0
出版日期：2025 年 5 月
定價： 港元 128

Printed in Hong Kong

免責聲明： 本書所有內容和相片均由作者提供，內容和資料僅供參考，並不代表本出版社的立場。本書只供消閒娛樂性質，讀者需自行評估和承擔風險，作者和出版社不會承擔任何責任。

Chapter 1